わたしの言ってること、わかりますか。

伊藤亜和

光文社

目次

ブックデザイン　戸塚泰雄（nu）
撮影　根本真裕美

言葉

はじめて名刺を持つにあたって、肩書きはどうしようかと考えなければならなかった。

作家、と名乗るのはおこがましい。エッセイストというのも、今後エッセイ以外も書くかもしれないし、コラムニストというと、自分のなかではなんだか明快にズバズバと書いていくようなイメージがあって、グズグズした私の文章はそれではないと思った。今のところ、起きたことを文字にして残していっているのだから、記録係というのはどうだろう？　いや、斜に構えすぎか。書記、書き手、洒落臭《しゃらくさ》いな。シャワーで頭を洗いながら考えて、髪を乾かし終わる頃、文筆家、とすることにした。私としてはなかなかそつがない肩書きに落ち着いたと満足していたのだが、いざ名刺を配り始めてみると、受け取った何人かが「文筆家」を「文豪家」と読み違えて、私は自称文豪の思い上がりも甚《はなは》だしい女になってしまったのだった。

「ハーフが極端な『日本らしさ』に執着してしまうのはそう珍しいことではない」という話を聞いたのはごく最近のことである。それを聞いた私は、自分の重要なアイデンティティの一部が雷に打たれて崩れ落ちるような感覚を覚えた。そんな風変わりな人間は、この世界に私だけだろう、と思っていたからだ。両親からふたつのルーツを授かるということは、そのどちらも自分だと認めるということで、私が会ってきた私以外のハーフは、なんの疑いもなくそれができているように見えた。モデルの世界を端から眺めていると特にそう感じる。

特性を愛して、最大限に生かす。それが「人より多くを与えられた者」の正しい姿であると、彼女たちはインスタグラムの華やかなパーティーの写真の向こうから私に訴えかける。私は自分が半分外国人であることを、小さい頃から頑《かたく》なに拒絶していた。多くを持って特別な存在になるよりも、なんの変哲もない人間として好かれることが望みだった。そのために「日本人らしい」丁寧な所作だの、話し方だのと、自分で作った足場を一生懸命積み上げて背の高さを揃えようと努めた。もったいないと言われても大きなお世話だと思いながら、こんな偏屈なことをしているのは私だけだろうと、どこか誇らしい気持ちで生きてきた。しかし、そうではなかったのだ。あるハーフは子供時代にガイジンといじめられた末、心を守るために自らも「ガイジン嫌い」を演じるようになり、またある者は右翼団体に感化され、そして私は、そのありがちな捻《ひね》くれのひとつとして日本語にしがみついたに過ぎないようだった。

それでも、私は日本語が好きだった。椎名林檎の歌が好きで、谷川俊太郎の「信じる」が好きで、男の人がふと漏らす「あら」の響きが好きだった。日本語は美しいと、感じることができる自分が好きだった。

あるとき、新宿で終電を逃して、当時の上司からタクシー代を貰《もら》って横浜まで帰った。酔っていた私は運転手に住所を伝えたあと、高速道路から見える暗い海を眺めているうちにそのまま眠ってしまった。声を掛けられて目を覚ますと、そこは家の近くの公園だった。そのまま走れば5分と経たずに到着するのだが、山の中の入り組んだ道が複雑で迷ってしまったようだ。

「こっからどうしますかね」

「この先を左に曲がって、そうすると坂があるので、そちらを下っていっていただけますか」

呂律《ろれつ》が回らないなりに、丁寧に伝えたと思う。

「え？　ごめんわからない」

「この先真っ直ぐ行くと突き当たりがあるので、曲がってください。そこからまたお伝えするので」

「は？　聞こえない」

「だから」

「なに言ってるかわかんねぇんだよ、ガイジンだから」

言われた。ついに言われてしまった。

私の言い方が悪かったのだろうか。なにか気に障《さわ》ってしまったのだろうか。お酒でぼーっとしていた頭の血が、一気に引いていくのがわかった。心臓がシンバルのように激しく鳴る。声の震えを抑えようとしたせいで喉が開いて、泣きそうな低い声でやっとひとこと、絞り出した。

「私の言ってること、わかりますか」

丁寧に話そうとしすぎるのは私の悪い癖だ。友達同士のお喋《しゃべ》りでも、私が言葉を選びきれないままモタモタと喋るせいで、それまで温まっていた空気が少し冷えてしまう。私はときどき、いたたまれない気持ちになったが、誰にだって私がそのとき感じていることを桐箱の蓋のように、ぴったりと知ってほしかった。今だって、ただ「真っ直ぐ進んで」とだけ言えば、少々感じは悪くてもはっきり通じたのかもしれない。私が小さい声でまどろっこしく話したのが、きっとこの人の癪《しゃく》に障ってしまったのだ。丁寧な人間だと思われたい。日本語が下手だと思われたくない。この国の仲間だと認めてほしい。そんな、他人から見ればあまりに瑣末《さまつ》なプライドは人を苛立《いらだ》たせ、結局は自分の急所に思いきり突き刺さった。こんなことなら、言葉の真意なんて知ろうとしなければよかったのだろうか。好きにならなければよかったのか。惨《みじ》めったらしく縋《すが》りついて、最後に脚で蹴飛ばされた気分だった。なんだよ。結局余所者《よそもの》かよ。返せよ、お前に使った時間。全部。

言葉はただのツールのはずだ。それなのに、どうしてこんなにも美しいのだろう。

私の言ってること、わかりますか。今、どれだけの人が私の言葉を抱き留めてくれるだろう。この世界が真っ暗闇になって、お互いの姿形がわからなくなったとしても、私が選んで口に出した言葉で私だって気づいてくれる人が、一体どれだけいるのだろう。言葉たちへの恋心に混じってしまった数滴の薄暗い疎ましさ。血は今日も心臓を巡り続けて、私は言葉を書いている。もっと知りたい。こんなとき、貴方になんと伝えようか。もっと聞きたい。貴方はなんて言ってくれるのか。

この身体には美しい言葉たちが巻きついて、私はもう、どこへだって逃げられないのだ。

渋谷、泣き上戸

渋谷のロクシタンの前、私はひと足先に着いていた友人を見つけ、スクランブル交差点のほうへ流れていく人の群れをを大げさに避けながら彼女に近づいた。

やっと辿《たど》り着いた私に、彼女は言う。

「全然避けれてなかったよ。避けてたっていうより、避けられてたよね。変な動きで」

彼女の名前はこころという。彼女と初めて会ったのは高校生のときだった。

当時、Twitterで知り合った男に渋谷駅の改札前で「恋人になってください」と言われ、初めて異性から受ける告白に動揺してしまった私は、断り方もわからないまま曖昧にはい、と返事をし、めでたく交際に至ってしまったことがあった。

かなり年上だったし、当時の私は性的な経験も一切なかった。女として愛情を受けるということが未知の恐怖で、ムーディーな雰囲気を敏感に察知しては相手からのキスやボディタッチを抜群の反射神経でかわし続けた。

結局2か月ほどで逃げるように関係を解消してしまったのだが、その男が私にフラれるや否や次に交際を申し込んだのが、こころだったのである。これを言うと「竿姉妹ってこと?」と聞かれるけれども、私もこころも指一本触れさせないまま彼をフっている。お互い、風変わりな人への好奇心による若気の至り、ということで結論がついた。今思えば、女子高生と立て続けに付き合おうとする大人なんてどうかしているので、なにもさせなかったのは正解とも言える。

そんなこんなで遊ぶようになって、一時期は同じアルバイトをしたりして、もう10年ほどの付き合いになる。

「あれ、どうだったの、彼氏の実家」

1軒目の居酒屋に入って枝豆、ゴーヤの漬物、ビールを頼む。2軒目の予約時間までここで待つことにした。

「もう、すっごかったよ。黒船来航〜！って感じだった。ひれ伏されたね」

「え、どこだっけ」

「山梨」

「山梨でもそんな感じかぁ」

こころはイギリス人とのハーフである。背は168センチの私より7センチほども高く、知り合った当初から存在感抜群の美女だった。ああでもないこうでもないというような私とは正反対で、気に入らないものは気に入らないとハッキリ言い、料理が上手でお酒をよく飲みよく遊ぶ、私が知る限りいちばんのいい女だった。私の観測できた範囲だけでも、彼女に狂った男は数知れない。

私たちが並んで歩くとやはり目立つので、繁華街では通り過ぎざまに冷やかしを受けることがある。そんなとき、こころは居合の達人かと思うほどのスピードで言い返してくれる。歌舞伎町を歩いていたとき「スゲー」と遠くから言われたのに対し、即座に「オメェが大したことねぇんだよ」と言い返したのを聞いたとき、こんなふうになれたらなぁと、私は1つ年下の彼女にうっとりしてしまったのだった。

彼女と一緒にいると、私はどうしても甘えた性格になってしまう。2、3杯ほど飲んでから1軒目を出て、それから予約していた2軒目の中華料理屋で蒸し野菜や酢豚やら食べながらデキャンタでワインを飲む。連日締め切りに追われているせいか、もともと酒に弱い私はすぐに酔っ払ってしまった。

「なんで評価してもらえるかが自分自身わからない」「自分なんて大したことない」など、「そんなことないよ」待ちであろう弱音を吐き始める。自分でも吐き気がするほど面倒臭い性格なのはわかっているのに、こういう部分が、彼女の前だと抑えられなくなってしまう。

こころは慣れた様子で「なに言ってんだ」「うるせーなほんと」「性根叩き直してやるよ」と返してくれる。こうなったら私はもう帰るべきなのだが、この日はそういうわけにもいかなかった。

料理をあらかた食べ終わった頃、こころのスマホに連絡が入った。

「ドンキの前にいるってさ」

店を出て細い坂道を下ってドンキへ向かう。ココがアメリカから2年ぶりに日本に帰ってきていることを、私はこの2日ほど前に知った。

ココは、こころと私の共通の友人である。もともとはこころの友人だったのだが、3人で遊ぶようになって、ココもまた同じ場所でアルバイトするようになった。私とココが一緒に過ごした時間はそれほど多くはなかったけど、彼女の私よりも濃い褐色の肌と、ふくらはぎの辺りに掘られた車輪のタトゥー、なにより底抜けに明るい性格が印象に残っていた。酒で目が回ってウジウジと歩きながらも、久しぶりにココと会えるのが嬉しかった。

横断歩道の反対側に見えたドンキの前にココを見つけた。カーリーヘアを一括《くく》りにして素肌にそのままトップスを着ている。1箇所だったタトゥーは色々なところに増えていて、私たちを見つけるなり「ヘーイ!!」と明るい声を出した。

すごい。すっかりアメリカって感じだ。いや、もともとこうだった気もするけど。おっぱい丸出しじゃないか。私は少し戸惑いながらハグに応じた。ココは同じくブラックハーフの友人を連れてきていたので、私たちは4人で彼女が行ったことがあるというバーに向かうことにした。

薄暗いバーの中ではＤＪが爆音で音楽を流していて、バーというよりクラブのような雰囲気だった。それぞれ酒を注文して奥にある半個室のような席に座る。ココと私はこころを挟んで曲線状に並ぶ形になった。

ココはアメリカでどう過ごしているのかなど、近況を楽しそうに話した。最初のうちはみんな日本語で話していたけど、ココとその友人は話が盛り上がってくると大きくリアクションをとりながら英語でコミニュケーションをとった。

私とこころは英語が話せない。だけどこころは私よりは多くを聞き取れているようで、ふたりのリアクションに合わせて笑いながらジェスチャーを返していた。私も最初は身をかがめて一生懸命聞き取って、なるべく同じリアクションをとるように努めたが、８割が英語を占めるようになってからは、もはやみんながなにについて話しているのかもわからず、ひとり縮こまってタバコを吸うことにした。

あぁ、やっぱりできない。最近の私はヒップホップを聴いたり、ネットフリックスでアメリカのバラエティを見たり、おへそが出た大胆な服を着たりして、昔とはすっかり別人の、ホットな女に近づけたのだとばかり思っていたのに。これでは話が違うではないか。いなくなったと思っていた学生時代の、3人以上になると途端に影を潜める卑屈な私に、こうも簡単に戻ってしまうなんて。悔しい。ここにいるのが恥ずかしい。

こころに「アワはもう作家先生なんだよ〜！」と紹介されて私はさらに縮こまった。みんなが「ｗｏｗ！　すご〜い！」「なに書いてるの？」と興味を示してくれているのに、私は自分の落書きが貼り出されて恥ずかしくなった子供のように、小さく「先生なんかじゃないよ」「変な文章、ちょっと書いてるだけだよ」と繰り返した。私は日本語が好きで、人より少し作文が得意かもしれないけど、今ここじゃそんなこと、なんの役にも立たないじゃないか。恥ずかしい。恥ずかしい。店に響く音楽で私の小さな声はことごとくかき消され、最後はパニックでほとんど気絶するように眠ってしまった。

店を出て、こころに手を引かれて駅に続く地下への入り口まで辿り着いて、みんなに心配されている申し訳なさと情けなさとで私の涙腺はついに決壊した。こうやって、それっぽく心情を文章にしてみても、要は、自分が楽しくないから泣いているだけである。最悪だ。私はなんて最悪な人間なんだ。

改札の前までティッシュを持ってついてきてくれたこころに、ほとんど泣き喚《わめ》くように「友達がなに言ってるかもわからないのに、日本語で本書いたって、なんの意味もない」とかなんとか言ったと思う。あと、「こんなところで泣いてたらTwitterに書かれちゃう」とも言ったと思う。こころは「そしたら私がそれ以上にでかい声出して暴れてやんよ!! なめんなよ!! 声がでっけぇ奴がいちばん強ぇんだ!!!」と言ってくれた。泣いている酔っ払いを強い酔っ払いが慰めている。側《はた》からみれば救いようのない光景に違いなかった。

改札の前に着いて、なおも「みんなに馴染めなくてごめん」と言いながら泣く私に、こころは私の目をティッシュで拭きながら「アワはこうやって傷つきながら書いていくのが使命なんだよ。私がいるから大丈夫。私は人より愛がでっかいんだから」と言った。それから私の頰に長いキスをしてくれた。

目の前の友達のこともわかってあげられないのに、顔も知らない人に私が書けることってなんだろうか。上手に話せない私は、こころの言う通り、この国以外ではなんの役にも立たないこの言葉で書いていくしかないのかもしれない。寂しい。眠い。泣き上戸、やめたい。

東横線に乗って横浜に帰る、座れてよかった。本を書いたらきっと、いちばんに読んでね。友達でいてくれてありがとう。

へい拓ちゃん

このごろ、彼は私を「天下人」と呼ぶ。

渋谷の道玄坂を脇に入って、派手にギラついたラブホテルの看板が並ぶ一帯。その中に唐突に現れるこの無機質なコンクリート調の店は、珍しいクラフトビールを揃えた私のお気に入りの店である。カウンターで適当に選んだビールが出てくるのを待っていると、背後にある店の大きなガラス窓の向こうに、白いシャツを着た背の高い男が歩いてくるのが見えた。待ち合わせの時間を過ぎているのに、彼は特に急ぐ様子もなく、ゆっくりと店の入り口をくぐって私のほうにやってくる。私がすでにビールの代金を払っているのがわかると、手に持っていたクレジットカードを引っ込めて「なんにしたの」と口を開いた。

「わかんない。5番のやつ」

「じゃ、俺10番」

それぞれビールを手に持って、店の外の縁側のようなスペースに座る。私はレギュラーサイズのビールを注文したが、彼が注文したのは小洒落たブランデーグラスのようなものに注《つ》がれたスモールサイズのビールだった。

「それでさ、亜和ちゃんは書くものでなにを表現したいと思ってるの?」

乾杯する間もなく投げかけられる鋭利な質問に、私は動揺した。

「なんか、すごいよね。突然そういう話題に入れるとこ。当たり障りのない会話とかするじゃん普通。『天気いいね』とか『調子どう?』とかさ」

「え? じゃあする? わぁ、天気いいね」

「もういいよ」

「ははっ。俺そういうの嫌いなんだよね」

彼のことを、私は「拓ちゃん」と呼んでいる。数人のグループで遊んでいた頃は「拓実くん」と呼んでいたが、ふたりで会うようになってからは「拓ちゃん」と呼ぶことにした。小さい頃、テレビに「HEY！　たくちゃん」という名前の芸人が出ていたので、私は彼に向かって「へい拓ちゃん」と声を掛けるための準備を進めている。その前進としての「拓ちゃん」呼びである。

拓ちゃんはここからそう遠くない高級住宅街に住んでいる。彼のおじいちゃんは、もう亡くなっているのだが、誰もがその名を知るような芸能人だった。彼も数年前にテレビやラジオに出演したこともあったようだが、そのほうには進まなかったようだ。それでも、いつか小説を書きたいと試行錯誤しているようである彼を、私は数少ない物書きの同志として頼っている。私の文章がネットで話題になったときも、真っ先に連絡をくれたのは拓ちゃんであった。そもそも、話題になった「パパと私」という話を私が書いたのは、ネットで発見した拓ちゃんの短い旅行記を読んだ日のことだ。彼の文章があまりに素直で、いたいけで、その感動に押し流されるように、冷めてく風呂の中で一気に書き上げたのを憶《おぼ》えている。

「拓ちゃんはどうなのよ。小説は」

「うーん。なんかね、読むだけでハイになれるものを書きたいんだけど。なかなかうまくいかない」

「マリファナ小説ってこと?」

「そんな感じ。いやでも、内容がハイなんじゃなくて、読んでるだけでハイになれるものを作りたい」

私は拓ちゃんがなにか危ないものをやっているのではないかと心配したが、一応理解を示すふりをしつつ、ビールを一口飲んで「それ、ダンスとかしたほうがよくない？」と返した。拓ちゃんは「確かに!!」と言った。拓ちゃんは声がバカでかい。拓ちゃんのバカでかい声が狭い路地を挟んだ反対側の建物にぶつかって跳ね返ってくる。

「でも俺やっぱ小説が好きなんだよなぁ」と、打って変わって少しくぐもった色気のある低い声で拓ちゃんは続ける。

「亜和ちゃんはハイになったりするの？　普段声ちっちゃいけど」

「ないよ」

「ないの？　我を忘れてファーってなったりしたことない？」

「ない」

「えぇ、うっそだー。だってさぁ、あれ、セックスとか、我忘れないの?」

「忘れないよ」

「あら……じゃあなんでセックスするんだよ」

「気持ちいいからだよ。普通に。でもそれで自我の枠を越えたりはしないかな」

「ほぉ」

昼間からなにを言わせるんだ、と思いながら私は「なんで拓ちゃんはそんなにハイになりたいの?」と尋ねてみた。私自身は、私が私である状態が好きだ。いつも人に見られているという意識のなかで、カメラがあるように振る舞うことを好む。それどころか、どちらかというと少し気分が沈んでいる状態のほうが心地よいとすら感じ、それが本来あるべき自分の姿とさえ思うのだ。その平穏のために、わざと自分を貶《おとし》めるような言葉を吐いたりさえする。私はハイになんかなりたくない。そう拓ちゃんに話すと、拓ちゃんは大げさに驚いて、滑り台に寝そべるような格好になりながら狼狽した。

「はぁーーー。そうか。そこなのか。俺と亜和ちゃんが噛《か》み合わない部分は。俺はね、全てが満たされて高揚している状態が本来の俺だと思ってるんだよな」

そんな人がいるのか。私はどこか遠い星の話を聞いているような気分になった。彼はきっと、真っ当に愛されて育ってきたのだ。十分な教育と、十分な自己肯定感。私とは全く正反対に生きてきた人間なのだ。拓ちゃんは続ける。

「俺さ、すんごく甘やかされて育ってきたの。欲しいものはなんでも手に入って、いつも誰かがご機嫌とってくれてさ。だから、誰かからの影響で自分の気分が落ち込むのをすごく理不尽な状態だと思っちゃう。俺は自分のこと、快楽主義者だと思ってる。だから、今それを聞くまでみんなもそうなんだと思ってた。みんながそうなれるものが書きたいと思ってた。亜和ちゃんみたいに『すすんで落ち込みたがる人』がいるなんて、考えもしなかった」

拓ちゃんは、品良く整えられたサラサラの髪を、悩ましそうに大きな手で搔《か》きあげた。上等そうなシャツが風になびく。あぁ、坊っちゃま。なんて祝福された人なのだろう。こんな小汚い女が口をきいて良いのだろうか。眩《まぶ》しい。

「私からしたら、拓ちゃんのほうがよっぽど天下人だよ」

そう。彼はネットで少し注目されるようになった私を「天下人」なんて言う。最初はからかっているのかと思ったのだが、どうやら本人は、結構本気で言っているらしい。

そうだった。この人は、いちいち語彙《ごい》が大げさなんだった。この人は、なんの悪意もなく、誰にでも「愛してる」と言ってのける人だったことを、私は思い出した。

「いやいや。俺はまだなんにもできてないもん」

「私たち、書きたいものが全然違うみたい。拓ちゃんは、拓ちゃんみたいな人を明るいほうへ連れていけばいいし、私は私みたいな人を安心させるようなうす暗い場所をつくりたい」

「なんか、すごい壮大だな」

そこは拓ちゃんにとっては陽だまりの楽園だとしても、私にとっては逃げ場のない日照りだ。そこで生きようと思っても、アスファルトに放り出されたミミズのように干からびてしまうだろう。それぞれの楽園が違うからこそ、救える人がそれぞれ違うからこそ、私たちは書くべきなのだ。

レギュラーサイズのビールが思ったよりも効いて、朦朧《もうろう》とした頭でつい無神経なことを口走る。

「快楽主義ってさぁ、じゃあなんで拓ちゃんは働いてるの？　だって拓ちゃんさぁ、実家太いじゃん。働かなくていいじゃん！」

拓ちゃんは「言われちまった」という顔をして大声で笑った。それから
「まぁそうなんだけど。『快楽主義（実家太い）』じゃ、なんかかっこ悪いじゃんか！

俺は自分で稼いだお金で快楽主義やりたいの！」

私は心のなかで「実家が太い快楽主義がいちばんかっこいいだろうが!!」と叫んだ。ペンハリガンに「享楽的なラドクリフ」という名前の香水がある。上流階級の、タバコとバニラとラムの甘い香り。私にとって快楽主義の香りといえばこれだ。たしかに、声がバカでかい拓ちゃんには似合わないかも。拓ちゃんの快楽主義からは、シーブリーズの香りがする。

そんなことを思いながら、私は2杯目のビールを注文すべく、よろめきながら立ち

上がった。

「ありがとう」の呪い

西日がほとんど沈みかけていた。私はいつものようにアルバイトに向かうべく、最寄りの駅へ向かう。到着して車から降りると、改札からは、今日の勤務を終えた人々が湧き出るように流れ出ているところだった。ちょうど下りの電車が行ったところなのだろう。多くの人が1日の勤めを終えたなかで、私はそれと反対に、上りの電車に乗って行かなければならない。

ガールズバーで働いていたときは、出勤が終電間際の時間だったこともあった。飲み会の帰りで眠り込んでいる人々に交じって濃い化粧で電車に乗ると、自分は社会からおいてけぼりにされているのだと思い知らされる。なんだか惨めな気持ちになって電車に揺られていたあの頃に比べれば、まだわずかに太陽が覗《のぞ》いている時間に家を出る今のほうが、社会生活というものにいくらかは馴染めているような気持ちになった。

定期券を出して改札へ歩みを進めていると、目の前の車いすの男性が視界に入った。構わず通り過ぎようとしたが、どうも様子がおかしい。横断歩道の真ん中で車いすごと後ろ向きになって、一生懸命に足で地面を蹴って進んでいる。麻痺しているように見える上半身は思うように動かないらしく、介助者も見当たらない。弱々しい蹴りで進める距離はごくわずかで、とても目的地に辿り着ける手段ではないように思えた。私は少し逡巡したあと、男性に近づいて「大丈夫ですか」と声を掛けた。

私は、いわゆる「人助け」というものをよくする。道に寝ている見知らぬ酔っ払いを介抱したり、道に迷っている人を目的地まで案内したり。話しかけられれば応じて、場合によっては自ら話しかける。そしてその動機は、私にとって100パーセントの善意ではないことも自覚していた。心配というより、気になってしまう、というのが正しい。私が快適に生活を遂行するため、1日の場面に「やり残し」があることが不快なのだ。火の始末を心配して、一日中モヤモヤと過ごすより、さっさと引き返して火元を確かめ、安心してしまったほうが良い。私が人を助ける理由も同じことだ。純粋な博愛精神というよりは、一種の強迫観念に近いのかもしれない。とはいえ、やはり「感謝されたい」という気持ちもある。どちらにせよ、私が人を助けるのはおおかた自分のためである。

男性は、突然後ろから声を掛けられて驚いているように見えた。身体が硬直しているからそう見えただけかもしれない。決して明瞭ではない発音で、絞り出すようになにか話していたが、近くで走るバスの音も相まってうまく聞き取ることができない。「押しますね」と言うと「お願いします」と答えたことだけが解って、私は車いすの方向を変えて横断歩道を渡った。

渡り切ってから「どこに行くんですか」と聞いて、なんとか聞き取ろうと腰をかがめて耳を澄ませる。男性は、言葉に詰まりながらもゆっくりと「家が近いから押して行ってくれませんか」というようなことを言った。意思疎通ができた嬉しさもあって、私は威勢よく返事をし、指示された方向に車いすを押し進めた。

車いすを押すのはいつぶりだろうか。曽祖母がまだ生きていた頃は、曽祖母を乗せた車いすを老人ホームの庭で押して歩き回っていたのだが、ほとんどそれ以来ではないか。成人男性を乗せた車いすは思いのほか重く、数十メートル進んだだけで息が切れ始めた。段差の下り方、坂の下り方はどうだったか。時折、私の荒い運転のせいで車いすがガタンと揺れる。申し訳なくなり「なれてなくて、ごめんなさいね」と言った。車いすの男性と外国人にも見える若い女。奇妙な組み合わせに通り過ぎざまの視線が飛んでくる。私はのんきにフランス映画の『最強のふたり』のDVDジャケットを思い浮かべていた。

男性の目指すところは私が想定していた「近い」よりもはるかに遠く、私たちはいくつかの横断歩道を越え、右へ左へ角を曲がり、少し砂利道を進んでようやくそこへと辿り着いた。スロープがついた大きな家にはグループホームと書かれた看板がある。玄関の前まで車いすを押してインターフォンを押すと、男性は「あなたは……」と、私になにか言ってきた。うまく聞き取れなかったが、私は「あなたは」に続く言葉はてっきり「いい人だ」とか「神の使いだ」とかの類《たぐい》に違いないと思い、「いえいえ」と高い声で答えた。

しばらくすると玄関の引き戸が開いて、中から若い男性が出てきた。このグループホームの職員らしい。彼は男性に「あぁ、おかえりなさい」と言ったあと、ありあま

る賞賛と感謝の言葉を待ちつつ誇らしげに胸を張る私に、ひとこと

「ども」

と言った。

あまりにライトなお礼に、私の体からは風船がしぼむように空気が出ていった。どもって、まるで宅配が届いたときのようなお礼ではないか。予期せず舞台上から落ちたような感覚に襲われて動揺していると、車いすの男性がもういちど私に声を掛けた。

「あとはもう大丈夫」

この人はきっと、さっきも同じことを言ったのだろう。私は「あとは」を「あなた

は」と空耳していたのだ。

ありがとう、と言ってもらえなかったことに怒りは感じなかった。ただ、ありがとうと言われる準備をしていた自分がひどく恥ずかしくなり「おっけー。ばいばーい。」とギャルのような妙な挨拶をして足早に駅へ戻った。あとになってこの話を家族や友人に話してみると、どうやらあの男性のことは、皆よく見かけているらしかった。きっと、彼は今まで幾度となく誰かの助けを借りて家に帰っているのだろう。そう考えると、大げさな感謝の言葉を期待していた自分がますます恥ずかしくなった。

考えてみれば、望まない身体の不自由さに囚《とら》われて、人の手を借りなければ生きていけない人間に、その助けに絶えず感謝しろというのは、あまりに酷ではないか。彼だって、叶うならば人の助けを借りない身体で生きていきたいだろうに。私たちが「ありがとう」を望むかぎり、彼の人生には、1錠ずつ飲まなければならない毒のように「ありがとう」がこびりつく。私にもあったではないか、劣等感を押し殺して

「ありがとう」と絞り出して、なにかを取られた気分になったことが。助けて当然のことには感謝を求めず、助けられて当然のことには必要以上に感謝をしない。本当の助け合いとは、私たちが望むよりずっと低い体温の触れ合いなのかもしれない。私はまた彼の車いすを押すだろう。ただ、私のためだけに押すだろう。

世の中に人の来るこそうるさけれ　とはいふもののお前ではなし

朝、目が覚めるたびに思う。「今日こそは誰一人とも口をききたくない」と。

会話という行為には、とてつもない労力がかかる。幼稚園生のとき、家族で通っていた銭湯のおばちゃんに「ここのおふろはあついから、つぎはほかのおふろにいくの」と言った。おばちゃんは申し訳なさそうな顔をして、母はそれに恥ずかしそうに頭を下げていた場面を憶えている。

中学生のとき「一緒にトイレいこ」と声を掛けてきた同級生に「トイレなんてひと

りで行けばいいじゃん」と返事をした。その子がとても悲しそうな顔をしたのが見えた。

大学生のとき、棟と棟の、ごく短いあいだの日差しのなかで日傘を広げた友達を「そんなの意味ないよ」とからかったら、彼女は気まずそうに微笑《ほほえ》んで下を向いてしまった。

昨日、モデルの仕事で初めて会ったクライアントに「緊張してますか?」と聞かれて真顔で「いや全然」と答えてしまい、ハッとしたあと「緊張してないなんて言っちゃだめですよね、ははは」と重ねて余計に失言した。クライアントの乾いた笑い声が聞こえた。

私には昔からそういうところがある。なにも考えずに会話に参加すると、たいがい

「失言」するのだ。失言の自覚があるならまだマシなほうで、時には「よし、今日はうまくいったぞ」と満足して帰る途中「あれは酷《ひど》かったぞ」と言われて、それでもなお理由がわからないこともある。ときどき怒られるのは、私がまだ分別のない子供だからだと思っていたが、どうやらそうでもないらしく、大人になってもたびたび怒られたり悲しまれたりする。

10年ほど前、若手女優の「どうして照明さんになろうと思ったんだろう」という発言がネットで大炎上したときも、私はのんきに「純粋な疑問」として受け止めていた。正直、いまだにこれほど炎上した理由がよくわからない。世間の大多数が怒りを覚えていることを認識しつつも、私の気持ちに同意してくれそうな友人にそれを打ち明けたところ、顔を真っ赤にして説教された。

私はどこかおかしいのだと思う。とりわけ女子からの顰蹙《ひんしゅく》を多く買ってしまうあたり、共感性の欠如とでもいうべきなのだろうか。

なにも考えていなければこの調子の私だが、人間としての生活も二十数年目を迎えたからには、少なからず考える機能が身についてきた。過去の失敗から学んで、発言に対してどう反応が返ってくるか、怒らせたり悲しませたりしないように、学習しながらよく考えてゆっくりと発言する。人当たりが良いと評判の人が周りにいれば、その人がどのように振る舞っているかじっくりと観察し、好感度の高い芸能人がいれば、その仕草をまねてみる。側《はた》から見ればそれほど変化はないのだろうけど、私の脳内では、状況によって異なるアプリを開くように意識を変えている。普通、頭のなかで話す独り言は、自分の声で再生されているものなのだろうか。私の独り言は、常に誰か別の人間の声で再生されているような気がする。カウンセリングによれば、私のこの状態は脳に大きな負担をかけているらしかった。私が終電を過ぎた飲み会に耐えられないのも、2日以上友人と過ごすことにうんざりするのも、連日続いた顔合わせで体調を崩したのも、この性質のせいなのだろうか。決して人が嫌いなわけではない。それでも、ときどき疲れ切ってしまうと、粗く研いだだけのむき出しの言葉を投げつけて終わらせてしまいたくなる。あの日、父にはそうしてしまった。

向いていないとわかっていながら、数か月間キャバクラで勤務していたこともある。お金はないし興味はあって、少し話を聞いた。そのスカウトは見かけによらず（失礼）普段は小説を書いているらしく、私が到底及ばない文学の知見を次々と披露してみせた。ついつい話し込んでしまい、気づけば私は彼の紹介でキャバクラ嬢として働くことになっていた。勤務が決まって「やっぱり自信がない」とうつむく私を、彼は「その性質を気に入ってくれる客はいる。周りに合わせようとしなくていいから」と励ましてくれた。

結果から書く。新横浜のキャバクラにそんな物好きな客は現れなかった。そう気づいてから周りに合わせようにも、私のなかに「明るいギャル」のアプリはインストールされておらず、私の容姿と発言が激しく乖離《かいり》している様子は客を気味悪がらせているようだった。セクシーな派手な顔のねーちゃんが来たかと思えば、席に着くや否や低い声で下を向いて小難しいことをボソボソと話している。話題が尽きれば目の前のフルーツ盛りを無言で食い尽くす。そんな展開、いったい誰が望むというのか。3か月経っても本指名は一本もつかず、成績はいつも最下位。やっぱり無理じゃん。私はここではただの邪魔者だ。私は店をやめることにした。

当然、人気のない私を止める社員は誰もいなかった。突然いなくなっても誰も気づかないだろうとは思いつつ、最後の日に、たまにお話をしていた女の子数人にだけ「今日でやめるんだ」と伝えた。モエちゃん。私の少し後に入ってきた女の子。待機のときにたまに話しかけてきてくれて、私は変なことを言ってしまわないように、よく考えて彼女とお喋りをした。昼のお仕事も頑張っているようで、このお店でもみるみるうちに人気者になっていた。私がやめると伝えると、モエちゃんはかわいい顔をくしゃくしゃにしてポロポロと泣きはじめた。予想だにしなかった事態に、私は驚いて「やだやだ、どうしたの」と言うしかなくなってしまった。モエちゃんは私にハグをして「さみしい」と言った。彼女の背中をさすりながら私も泣いた。ごめんね。泣いてもらえるほど仲良くないだろうなんて思っててごめんね。モエちゃんの名前も、私、最近まで知らなかった。ごめんね、ごめんね。

私が知らないところで、私はこんなに大切に思われていたなんて、知らなかった。私は酷い人間だと、心のなかで彼女に謝り続けた。今度一緒に遊ぼうねと約束して、私は店をやめた。

「世の中に人の来るこそうるさけれ　とはいふもののお前ではなし」

人間関係が煩《わずら》わしいと言うと「私も?」と言われることがある。私は決まって「君は違うよ」と答える。君も君もと言いなおし続けて、結局全員に「君は違う」と言う。結局のところ、私は私に関わってくれる人全員が愛おしい。傷つけたくないから考えて、疲れるのだ。どうか、嘘つきだなんて言わないでほしい。私が望んだ私の顔で、できるだけずっとそばにいてほしいと願う。人の来ることほど煩《うるさ》いことはない。そうは言っても、君は別。本当だよ。

傷つきました

タイムラインを眺めていると、そのなかのいくつかのアカウントが同じ話題について呟《つぶや》いていることに気がついた。

ポストに使われている言葉を検索にかけて、話題の中心部分を探る。話題のポストはたいてい上のほうに表示されるので、見つけ出すのにそれほど時間はかからない。何千とリポストされたポストをタッチして、そこにくっついているリプライを読んでいく。そこには大概、短くて鋭い罵倒の言葉、文脈から外れた嘲笑と絵文字、同じアカウントから何度も送られたアラビア語のようなものがぶら下がっている。引用ポストのほうを見てみると、周りから同意を得ることを目的としているであろう、いくらか冷静に見える長文が並んでいた。そのうちのいくつかが自分の意見と近いと感じて、スマートフォンを見ながらうんうんと頷《うなず》いた。

その話題について私も言及しようと、誤解のないように何度も自分の文章を読みなおしてから送信ボタンを押そうとしたとき、タイムラインに浮かんでいた友人のポストが頭をよぎった。

「ショック。これを肯定する人がいたら絶交する。」

私は怖くなって、送信しようとしていた文章を消去した。

人を傷つけてはならない。

これに対して「はい」か「いいえ」で答えろと言われたら、私は迷わず「はい」と答える。たぶん、これを読んでいる人たちもそうだと思う。当然だ、人を傷つけちゃいけない。

ふたたび、その話題に関するポストを読んでいく。

「傷つきました」

「涙が止まらない」

「許せない」

「立ち直れそうにない」

読んでいて、だんだんと気が滅入ってきた。私はこれまで生きてきて、誰かに「傷ついた」と表明したことがなかったと思う。それが決して良いことだとは思っていない。「傷ついた」と言える人を、心のどこかで羨《うらや》んでいる心当たりもある。それでも、人に易々と謝罪を要求しない私の振る舞いは、たしかに、私自身の誇りでもあった。謝るより、話を聞かせてほしい。ずっとそう思いながら世界を見てきたつもりでいる。

高校生の頃、掲示板にスレッドを立てたときのことを思い出す。黒人のハーフだと自己紹介をすると、掲示板は一気に荒れはじめた。

「ニガー」

「くさい」

「日本から出ていけ」

心無い言葉が並ぶ。みんな私を傷つけたいんだと思った。その手には乗るまいと、悪意に気がつかないふりをしてふざけた返事をし続けていると、掲示板の雰囲気は次第に穏やかなものになっていった。

「お前おもしろいやつだな」

「>>1（私）のこと好きになったわ」

「大変だろうけど、がんばれよ」

嬉しかった。私と彼らの間にあった高い崖《がけ》を、私がよじ登ったのか、はたまた彼らが降りてきてくれたのか、どちらにせよ、最終的に同じ場に立ってコミュニケーションがとれたことが幸せだった。私が激昂したり、傷ついたそぶりを見せていたとしたら、おそらく石を投げつけられたまま終わっていただろう。自己肯定感が低い私だからできたことなのかもしれない。下手《したて》に出てヘラヘラと近づいて、最後は勝負に勝ったのだ。

意図しない発言に対してはまだしも、傷つけたいと思っている人にまんまと怒ったり「傷つきました」なんて言ったりしては逆効果だ。噴出したできものを無理やり抑え込んで取り除くより、よく安心させてからその原因を観察したほうが意味はあると思っている。

私が今言っているようなことは「トーンポリシング」というらしい。どれだけ言葉を選んで書いても、多くの人の目に触れれば発火は免れないだろう。気が小さいので、ここに書くことしかできない。

「セルフラブ」の正解とは何なのだろう。自分を守るために本当にするべきこととは、一体何なのだろうか。自分の感情を尊重することは大切だと思う。怒りも悲しみも、憚《はばか》らず表現することは自由だ。でも、その先にセルフラブが目指す快適な人間関係はあるのだろうか。セルフラブは激しい闘いの先にあるとは限らない。全員と必ずしも芯の部分でつながる必要もない。それなりの人にはそれなりに、楽しい時間だけ分かち合って生きていくほうが、長期的なセルフラブは実現できると私は思う。

遠くにあるものの怒りや悲しみで身を削って、あなたが世界を変える必要はない。それが本当に自分の感情なのか、それとも、誰かの感情を咀嚼《そしゃく》しないままのみ込んでしまっただけなのか、スワイプひとつで多様な人の感情に触れることができるようになってしまった今、もういちど考えなければならないと思うと同時に、見ず知らずの人の気持ちなんてあまり深く考えてはいけないとも考える。絶対に誰も傷つかない世界なんてありえない。あなたも私も、絶対に傷つく。つまずいた小石に怒るな、それより流れる血をよく見て、そうやって痛みを覚えて近くの人を愛そう。私は自分に言い聞かせる。

車に乗って駅に向かっていると

「クマノミはイソギンチャクの毒から身を守るためになにをしているでしょうか」

というクイズが聞こえてきた。いくつかの選択肢が提示されたあとにCMが流れて、それからパーソナリティーが答えを発表した。

「クマノミは住処《すみか》であるイソギンチャクの毒に触れないように、身体から粘液を出しています」

身体をヌルヌルさせて毒をのらりくらりとかわしつつ、イソギンチャクと共存している。なんだか私みたいだな、と笑ってしまった。

成人の日～みんなおばさんになるよ～

成人の日。去年の夏に二十歳の誕生日を迎えていた弟が、オーダーで仕立てたグリーンチェックのスーツにイエローのネクタイを結んで出かけて行った。生地を選んだとき母は「そんな派手な生地でスーツなんて、サプールみたい」と心配していたが、実際に出来上がってみると想像していたようなトンチキさはなく、むしろ光を受けて上品に艶《つや》めく深いグリーンが背の高い弟によく似合っていた。なにより驚いたのは、スーツを着て試着室から出てきたときの弟の凜々しさ。毎日のように顔を合わせているというのに、きちんと体形に合ったスーツを身に纏《まと》った弟のスタイルはいつもとは見違えるようで、家にいるよりさらに大きく見えた。最近始めたモデルの仕事も順調らしい。そんなに簡単に上手くはいかないだろうと高をくくっていた私は納得がいかず「私たちが気がついてないだけで、もしやアイツは逸材なのか？」と、母とふたりで人知れず審議会を開催したほどだ。やはり家の中だけでは家族の成長というものは把握しきれない。私は家で祖母からしょっちゅう「こんなこともできないなんてお嫁にいけないよ」と叱られているが、案外、他人の家では率先して掃除や皿洗いなんかをやっているものである。もちろん、家にいるときみたいに床に落とした食べ物も食べないし、パンツのままうろついたりもしない。祖母が思っているより、私は外では結構「大人」をやっている。

さて、弟の立派なさまを見て、自分が二十歳のときはどうだったかと考えてみる。今から8年ほど前のことなので、正直あまり鮮明には憶えていない。残っている写真は幼なじみたちとのプリクラと、横浜駅前のビブレ（若者向けの商業施設）の前の汚い壁をバックに撮った振り袖姿だけである。二十歳の私は、なぜかほとんどの写真で中指を立てており、今となっては恥ずかしくて目も当てられない。あとは自宅を出た直後に犬のフンを踏んだことや、会場で爆竹が鳴ったこと、フワフワの襟巻がどうしても気に食わなくて着けなかったことくらいしか思い出せない。それと、もう若くはないのだと思ったこと。私が着ていた振り袖は黒地の雪輪文様だった。円がところどころ欠けたように見える雪輪には「自分はまだ完璧ではありません」という謙遜を表す意味があって、私はその控えめなメッセージが気に入って選んだはずであったが、写真の私はそんなことは毛ほども思っていないようだった。

実際、今日この日の私がもっとも完璧で、全盛期だと思っていた。これ以降の人生なんて消化試合、あるいは死んでいくまでの余暇に過ぎないのだ。周りがいくら「まだまだこれから」と言っても全くそうは思えなかった。今よりもずっと、歳をとることを怖がっていた気がする。老いと死というのは、スタートするタイミングが少し違う。死は生まれた瞬間から少しずつ私たちににじり寄ってくる。だから私たちは、はじめから死がやってくるのが見えていて、物心ついてからしばらくは眠れないほど死におびえる。そして、やがて死の存在に慣れ、死への恐怖は薄れる。そうなった頃に老いはやってくるのだ。だから、私たちは肉体の全盛期を通過した直後、最初に死を見つけたときと同様に意識し、おびえる。まだなんの兆候もないのにシミだのシワだのと騒いでみたり、単におろそかにしてできなくなったことがあれば「歳だわ」と言い訳してみたり、自分のことをおばさんだとか言ってみたり、今思えばあれは、これから「おばさん」と呼ばれることに対する過剰な防衛反応だった。ケガをした動物に早々にとどめを刺そうとするような、あの性急さ。もしかしたら、あの頃は本当におばさんになるなんて思ってもいなかったかもしれない。

あの頃より歳を重ねた今、本当に自分もおばさんになることが解ってきて、やっと真剣に、自分の年齢と老化について冷静に認識した。目の下のシワが少し出ていたような気がするけれど、きちんと手入れした次の日は目立たないし、ネットのおかしな人が「20代後半はおばさん」と言っていても「おばさんではない」と思うことができる。

まだ大丈夫。おばさんを名乗るにしては、20代後半ではまだまだおこがましいのである。歳をとることはケガでも病気でもなく、不要になったものを手放した進化であると私は思いたい。そうは言っても、単純に身体にハリがなくなっていくのは恐ろしいし、芸能人のように綺麗に老いるのすら難しい。やっぱり、できればおばさんになりたくない。できれば。未来の自分に呪いをかけるなと言うけれど、誰だって容姿が衰えるのは嫌だ。男女の煩わしさなど抜きにして、若い容姿のままおばさんの叡智《えいち》と逞《たくま》しさを身に着けることができると言われれば、きっとそうするだろう。

だから私は成人女子諸君に「歳を重ねるのは素晴らしいことである」とは今の時点で言い切ることはできない。私は今若者とおばさんの中間を浮遊していて、はたして、もといた地球が安寧であったのか、はたまたこれから向から新たな惑星がさらなる安息の地であるのか判断しきれていない。それでも、老いの恐怖よりも未来への希望がまさるような感覚が、少しずつ増えてきたのは事実である。

先日、前を歩いていた子供の落とし物を拾って渡したら、その子から「おばちゃんありがとう」と言われた。なんとか「はーい」と笑顔で答えたと思うが、おそらく声は震えていた。私はもうおばさんなのか？　まさか。

死んだことにも気がつかない霊もいるというし、おばさんになったことも、案外気がつかないまま人は老いていくのかもしれない。

タカイタカイオババ

毎日、かわるがわる人と会うので、お土産を頂くことが多い。打ち合わせでお会いする編集者の方、ネットで知り合ったはじめましての人、バイト先に来る出張帰りのお客様。皆、ご丁寧にお土産をくださる。昨日は函館から帰ってきたばかりの人にホッケとカレイの干物を頂いた。ありがたい。私は人にめったにお土産を買わない。中学や高校の頃は、修学旅行先のお土産屋ではしゃぐ同級生たちに交じってなにか買って帰ったりもしていたが、集団での旅行機会の喪失とともに、お土産を買うという習慣も、私のなかからスッポリとなくなってしまった。お土産を頂くたびに「あぁ、私もお土産を買える大人にならなければ」とは思う。にもかかわらず、毎度旅先で散々はしゃいで疲れ果てて帰ってきたあとに、私は気づくのだった。お土産買うの、忘れちゃったぁ、と。

私が不義理な人間であることの言い訳は一旦置いておこう。人からお土産を頂いて、大事に抱えて我が家へ持ち帰る。頂くものはたいてい個包装のお菓子であることが多いので、私は家で待つ祖父母にお土産を見せ、祖母はそのいくつかを選んで仏壇に供える。そして、祖母は頂いたお土産をしげしげと見つめて、必ずこう言うのだ。

「高いでしょ、これ」と。

この台詞が出ると、私のなかではうんざりとした気持ちと苛立ちが沸々とこみ上げてくる。そして、いつも決まって「知らない」と不機嫌に吐き捨てるのだが、祖母はなおも頂いたお菓子をほじくってモソモソと口に入れながら「高いでしょこれ」と話しかけてくる。私が値段を調べるまでやめないつもりだ。仕方なくスマホを取り出して、商品名を検索し、出てきた値段を教えると、祖母は「やっぱりね、高い」と満足げに言うのだった。

なんの意味があるんだ？　このやり取り。私は腹が立って黙り込む。値段がわかったところで味が変わるのか。そもそもくださった方に失礼ではないか。頂いたものの値段を家に帰ってコソコソ調べてあーだのこーだの言うなんて、田舎の嫌味なオババみたいで最悪！

私が大声で叫び出したかったのはおおよそこんなことである。でも言うことはできない。祖母が貧しいなかで必死に生きてきたことを知っているし、奉公先の家族が食べているものを自分にだけ与えてもらえなかった悔しさ、祖母の高級なものに対する羨望と、ある種の憎しみのようなものを知っている。だから黙って食べ続ける。子供の頃から祖母の「高い」を聞き続けて、私は「高い」という言葉が嫌いになっていた。高いと口にすると、それに届かない自分が惨めなような気がして、高いと思っても高いと言わない意地のようなものができてしまった。そのおかげで、無理のある支払いをして痛い目を見るようなこともあった。

最近は少し歳をとったせいか、やっとそのあたりに対するプライドが下がってきて、ずうずうしく交渉を試みたり、ないときは「ない」と言えるようになった。長年の呪いが解けて心が軽くなったような思いだった。そして、私にも「タカイタカイオババ」の片鱗が現れ始めたのだった。

私の場合、自分が高い金を払いたくないというよりは、自分が無理をしていた頃のしんどさを他人に感じさせたくないという気持ちが大きい。一緒に食事に行って、メニューを開き、ひとつひとつの品が予想よりも高かったとき、私は先陣を切るように「高っ！」と言ってしまう。同世代の、相手が支払ってくれそうなシチュエーションであればなおさら、相手も「高っ！」と思っているに違いないと察すればすかさず「高いねここ！」と言ってしまう。厚切りの上タン塩か、薄切りの並みタン塩か選んでほしい、と言われれば「薄いほうが好きなの」と言って薄切りのタン塩を選ぶ。我ながらけなげだ。昨日バイト先でお客さんにこの話をしたら「安上がりな女だ」と笑われた。よく思い出してみると、これは最近になって出てきた傾向ではなく、ちいさい頃に父に対して行っていた「いらない」ムーブと近しいものであることに気がついた。

私の父も私と同じように見栄っ張りなところがあった。父は私を買い物に連れて行くと「なんでも好きなものを買っていいよ」と言って私におもちゃや食べ物を選ばせる。私が気を遣って控えめなものを選ぶと「本当にそれでいいの？　こっちのほうが良いよ」と言って高いものを提案した。うちが裕福でないのは子供ながらにわかっていたから、私は父の機嫌を損ねないように、あれこれ理由をつけていらないいらないと言って、安いものを買ってもらっていた。

もし私が「高い」と言えないままの大人だったら、生まれてくるかもしれない私の子供にもそんな気遣いをさせてしまったかもしれない。子供のわがままというのは、正面から主張してバッサリと断られたほうがいいのだ。人との交渉にはある程度のトライアンドエラーが必要だ。そうでないと、人の気持ちを想像しすぎて頭が重くなってしまう。お金を払ってもらうことに対しての自己表現は難しい。タカイタカイオバになるのも嫌だけど、安上がりだと思われるのも癪だ。

先日、弟の成人式のスーツを買いに家族で出かけた。「大切な日に金をケチるな」という過去の私のありがたいお言葉のもと、弟はグリーンチェックのドレッシーなオーダースーツを注文していた。見積もりは10万超え。期待を込めてこちらを見る弟から、私はそっと目を逸《そ》らした。

ごめんな。お姉ちゃん、今月一文無しなんだ。

後遺症

22時を過ぎた時間、私は四谷三丁目の駅に到着した。

横浜の最寄駅から片道1時間ほどかかる。終電の時間を乗換案内のアプリで調べてみると23時半と出てきた。これから待ち合わせをするとなると、到底間に合いそうにない。そんなことは「22時頃に」と連絡がきた時点でわかっていたはずであるのに、私は今さら自分がどういうつもりなのかわからなくなった。

駅からそれほど遠くない大通りを進んで、地図の通りに横道に逸れた。ちいさな居酒屋の前にぶら下がっている赤提灯に指定された店の名前が書いてあることを確認すると、私は暖簾《のれん》の向こうにあるガラスが張られた引き戸に近づき、おそるおそる中を覗く。

いた。数年ぶりに見る姿は、ほとんど変わっていなかった。もともと広かった額がさらに広くなっているのではないかと心配していたが、生え際はあの頃と同じ位置で留《とど》まっているように見えた。記憶のなかの印象より長い髪を後ろで撫《な》でつけたヘアスタイルだけが少し違和感を帯びていて「なんかエルヴィス・プレスリーみたいになってるなぁ」と冷静な感想が頭に浮かんだ。

引き戸を開け、できるだけ澄ました顔を作って近づく。私が目の前に来るまで、彼はスマートフォンを眺めたまま顔を上げずにいた。どうせ、私が来たのにはとっくに気がついているだろうに。数年前の何度かの待ち合わせ場面を思い出し、こういう白々しいところが当時の私には大人っぽく見えていた気もする、と思った。「おまたせ」と言うと彼はようやく顔を上げ、ほくろのある口角をにやりと上げて「おう、久しぶり」と言った。テーブルの上には、味噌が添えられた生のピーマンが置かれていた。

相変わらず妙なもの食べる。わざわざ居酒屋に来て、生のピーマンを注文しようという感性が私にはない。なんでピーマン?という顔をしている私に「おいしいから。食べてみなさいよ」と彼は言う。瓶ビールを頼んで、言われるがままピーマンを齧《かじ》る。たしかにおいしいけれども、それ以上の感想は特にない。「元気でしたか」と私に問いながらカバンからアメスピを取り出す姿を見て、私は問いを返すのを忘れて「え、やめたんじゃなかったの」と笑いながら声を上げた。こもった低い声で「やめたんだけどね」と言いながら火をつけたのを見て、私は「なんだよ」と笑いながらアメスピの箱をひったくり、火をつけた。

私は、大学生だった内の約3年、彼に気が狂うほどの片思いをしていた。働いていたガールズバーに彼がふらりと入ってきたのが始まりで、今でもそれが何時のことだったか、彼がどこの席に座ったのか、鮮明に思い出すことができる。暗い店内で、なけなしの照明のすべてが彼を照らしているように見えた。完全に一目惚れだ。

紙のように白い肌に丁寧に撫でつけられた黒髪、金縁の丸眼鏡の奥にある気《け》だるそうなたれ目、ノーカラーのシャツから伸びた首に浮き出た大きな喉仏。なぜか分厚い本を腕に抱えていて、白檀《びゃくだん》の香りがして、まるで文学の世界からそのまま出てきてしまったようだった。それは、20歳の私がうまく具現化できていなかった、私の頭のなかにある「無自覚な性的さ（先日ある人のエッセイでこの言葉が出てきて、まさにこれだと思った）」という言葉が、そのまま人の姿になったような出《い》で立ちだった。今となっては、それが無自覚などではなく、無自覚さを装ったふうの、計算しつくされた性的さであることは明白なのであるが、当時の私は知る由《よし》もない。深夜の2時過ぎに恵比寿でやんちゃをするような人には見えなくて、「どうしたんですか」と私が聞くと、彼は「君こそ、どうしてここにいるの」と私に聞き返した。

26歳の、編集者の男。彼が本当に好きだったのか、それとも肩書きのロマンティシズムに溺《おぼ》れてしまったのか、いろんな欲望がぐちゃぐちゃに混ざって、若い私は彼のことを独占したくてたまらなくなった。毎日会いたいとメッセージを送り、夜通し現れそうなところを巡ったり、彼の住んでいたマンションをジッと見上げていたりした。完全にストーカーだった。彼が私に一言も告げずに結婚したことを知って、私はようやく執着するのをやめた。

それから6年経って、私たちはピーマンを齧りながら穏やかに話している。久しぶりに顔を見て、少し緊張を覚えているのは、その当時私がやらかしていたことについての気まずさや申し訳なさ、恥じ入るような思いがあるからだった。

私が「あの頃、私本当にどうかしてた。病気だよね」と言うと、彼は目線を外して、小さな声で「病気なんかじゃないでしょ」と言った。あぁ、自分に向けられていた好意を「病気だった」と訂正されるのは、相手が誰であっても悲しいのかもしれない。私は余計なことを言ってしまった気がして、眉毛を下げて「ごめん」と言ってビールをすすった。

こうして、なんでもなかったかのように会えているのは、彼が私の、殴りかかるような好意の押し付けに対して、頑として「気づかないふり」をしていてくれたおかげだ。ある意味、途轍もなく無責任なようにも思えるけれど、ドロドロの欲望の底にたしかに沈んでいた友情を生かすためには大切なことだったのだと思う。「愛してる」と言った私に「知ってるよ」と答えたときでさえ、貴方はなにも聞いていないように見えた。

娘が生まれてしばらく経つと彼は言う。女を困らせた男にばかり娘が生まれるのはなぜだろう。少し意地悪を言うような、人質にとるような気持ちで「かわいいですか、娘は」と聞くと、かわいくてかわいくて仕方ないと、彼は緩みかけたポーカーフェイスで幸せそうに答えた。呆《あき》れた。呆れて、幸せでいてほしいと心から思った。それから何軒か店を移動して、いろんなことを話したあと、私はタクシーに乗り込んで家に帰った。あの頃と同じように、彼はこちらに向かっていちど手を振り、それから二度と振り返らないまま歩いていった。

しつこいナンパ

休日に人と会う予定がキャンセルになり、最寄りのサイゼリヤに6時間ほど籠城して本を1冊読み終えたあと、レイトショーで『哀れなるものたち』を観た。映画は評判の通り素晴らしいものだった。私はU‐NEXTのポイントでお得に映画が観られたことと、売店で買ったジェラートとフライドポテトで甘みと塩気を交互に楽しめた充実感を身に纏って映画館の外へ出た。なんだか自分も主人公のベラのように聡明になったような気がして、黒いコートを夜風に靡《なび》かせながら無表情で顎を上げて颯爽と歩く。

23時を過ぎた頃の桜木町駅周辺には、もはや数えられるほどの人しか見えない。観光客用に作られた、バカみたいに短くて、バカみたいに割高のロープウェイも動いていない。いちど、酔った勢いでひとりで乗ってみたことがあった。たしかに夜景は綺麗だったが、ゴンドラの窓に反射したひとりぼっちの自分が目に入り、途中からはなんとも虚《むな》しい気分になって「早く降ろしてくれ」と心のなかで呻《うめ》いていたような気がする。駅の反対側の飲み屋街に行けば、まだ人で賑《にぎ》わっているかもしれないが、すでにサイゼリヤでワインを何杯か飲んでいたので飲みなおす気にもならなかった。それにしても風が冷たい。どうして桜木町はいつも風が強いのだろう。すこし離れたところにあるコンビニを目指して小走りで歩いていると、横断歩道の前で誰かが横から声を掛けてきた。

「おねえさんこんばんは、おねえさん」

ナンパだ。私の右後ろにいるようで姿は見えなかったが、その台詞とナンパ特有の早口を聞いてなんとなく察した。人助けが趣味である私は、突然「すみません」と声を掛けられると、反射的に「はい」と返事をして立ち止まってしまう場合が多い。なにか困りごとかと話を聞いているうち、なんだナンパか、とがっかりすることが何度もあった。その点、この声の主からはたった一言聞いただけでその軽薄さを感じ取ることができたので、私は安心して聞こえないふりをした。最近はひとりで出歩くことも少なくなっていたから、こういうナンパにあうのは久しぶりだな、などと考えながら、めげずに並走を試みるナンパ師をシカトし続ける。そのうち「おい」とか「無視すんなよブス」とか言われるのではないかとだんだん怖くなってきて「良い匂いですね」と言われて堪《たま》らず「ありがとうございます」と返事をしてしまった。

「おねえさんみたいな綺麗な人に声かけた僕の勇気、わかってくださいよ」と言って、男はスマホでＬＩＮＥのＱＲコードを差し出してきた。ＬＩＮＥを交換して満足してくれるならさっさと教えてしまえばいいか。メッセージが来ても、ブロックしてしまえば面倒がない。2つ目の横断歩道で追いつかれてしまったので、仕方なくQRコードを読み取って、はじめて相手の顔を見た。なんというか、いかにもといった服装の若者だ。着ている一張羅には誇らしげにブランド名がプリントされている。夜中なのにサングラスをかけているのが妙に面白くて、青が反射した横断歩道を渡りながら「なんか若そうだね」と言うと「え、24っすけど。そんな変わらないですよね？」と言われた。たしかに3つ程度しか変わらないのだが、ここにいるのは映画を観たばかりのドラマティック全開の私だ。意味深な女になりたくなって、気持ち悪くニヤつきながら「それはどうかな」と言い、そのまま逃げるようにコンビニに駆け込んだ。

やったぞ。年下の坊やをからかって遊んでやった。気分はまさにアンジェリーナ・ジョリー。アンジェリーナ・ジョリーのことは大して知らないけれども、出ている映画のどれかしらにはいるだろう、こういう役どころのアンジェリーナ・ジョリーが。

レジの列に並んでホッと一息ついた瞬間、さっきの声がまた後ろから「ちなみに今からはダメすか？」と話しかけてきた。驚いた私は、反射的に野太い声で「あんたしつこいな!!」と叫んでしまった。コイツまだついてきていたのか。なんて無粋な奴、あそこで終わらせておけばお互い良い思い出になったことだろうに、こんなセブンイレブンのあけすけな蛍光灯の下じゃ、ミステリアスなアンジェリーナ・ジョリーも台無しだ。

反射的にしつこいと言ってしまったとさっき書いたが、実のところ、外で並走されているときから「あと一言でも話しかけてきたら言ってやろう」と、心のなかで息まいてはいたのである。考えてみれば私は反射的になにかをやったり言ったりしたことはない。いつだって「つい」を装って計画を実行するのだ。ムカつく吹奏楽部の顧問に革靴を投げつけたときも、父に飛び蹴りをかましたときも、相手がそうされても仕方がないと思うようなことをするまで、私は刃物を研ぎながらジッと待っている。それを実行した先にあるのは、なぜかもれなく、取り返しのつかない関係の断絶だった。私は沈黙、あるいは受容と、拒絶のあいだを埋める術《すべ》を知らない。相手がつけ込んでくるギリギリまで甘やかして、突然致命傷になるところをグサリと刺してしまうのだ。関係を継続する手段は別にあるはずなのにそうしないのは、私の怠惰か、小心者な性格のせいだ。明るい店内で、顔をまじまじと見られてがっかりされるのが怖かった。嫌われないことに少しでもしくじると、ヤケになってすべて手放してしまう。

しつこいと言われたナンパ師は突然声に張りがなくなって、あっさりとどこかに去っていった。おそらく誰にでもナンパをしているような男に愛想尽かされた程度、これ自体はなんともないことだ。しかし、このわずか数分に自分の嫌なところが、まるで泥だらけの雪玉のように固められて投げつけられた気がした。投げつけたのは私のほうであるはずなのに、雪玉はなぜか私の後頭部に直撃して、私の体を冷やしたのだった。逃げ出すならはじめからナンパなんてしなきゃいいのにと毒づきながら、聞こえないふりをやり通したほうがまだ優しかったかもしれないと反省し、バツの悪さに足踏みをして下を向いた。その後、何日過ぎてもメッセージは来なかった。

慰めの技術について

驚くべき光景に立ち会った。

渋谷のショッピングモールのトイレに立ち寄り手を洗っていると、足元にちいさな女の子がしゃがみ込んでいるのに気がついた。きっと、個室から母親が出てくるのを待っているのだろう。女の子は柱に体重を預けて、スマホでゲームをしていた。

床にお尻はつけていないものの、こんな場所でしゃがみ込むのはいかがなものか、と私の中の煩い規律係が小言を言っていたが、思い出してみれば、私もこのくらいの頃は母の買い物に付き合わされるのが退屈でお店のあちこちに座り込んでいた。洋服屋で吊り下げられている、たくさんの洋服の下に潜り込むように三角座りをしていた記憶がよみがえる。「そんなところに座らないで」と母にはしょっちゅう叱られていたけれど、大人が見ているものに興味はないし、座る椅子もないし、仕方がない。目的なく立たされるのは、私にとっては今でも最悪の状況だ。この女の子にとってもそうなのだろう。そう思いなおし、私は手洗い場を離れて鏡の前で化粧を直し始めた。

しばらくすると、鏡越しに映っていた女の子が立ち上がるのが見えた。どうやら母親が個室から出てきたらしい。母親と思《おぼ》しき人は、大きなキャリーケースを転がし、女の子に「おまたせー」と言いながら近づいて、それから手に持っていた紙袋を女の子に見せながら「大事に持ってたんだけど、すこしクチャってなっちゃった。ごめんね」と言った。すると女の子は、信じられないことに、そう言った母親に向かって「大丈夫。クチャってなっても、一生懸命持っててくれたから、大丈夫だよ」と答えたのだ。私はその言葉を聞いて、冗談じゃなく腰が抜けそうになった。その場にへたり込みそうになる体をかろうじて腕で支えながらも、静かな空間に十分に響く声で、思わず「なんっていい子なんだ……!」と声を漏らしてしまったのだった。

私は人を慰めることが苦手だ。目の前の人に「ごめん」と落ち込みながら言われても、どう返事をしようかと悩んでしまって、女の子を泣かせてしまった不良少年のようにうろたえてしまう。うろたえてしまうだけなら仕方ないとしても、わずかばかり、心のどこかで「めんどくせぇ」とさえ思ってしまう。たぶん、めんどくせぇと思っているのは相手のようすではなくて、そんな相手に対して、なにかしなければと黙って考えている自分自身のもどかしさである。こんなときどんなふうに慰めればよいか、たしかに頭ではわかっている。「大丈夫だよ」とか「そんなに落ち込まないで」とか、抱きしめたり、手を握ったり、きっと相手もそれを求めているはず。それはわかっているのだけど、私はたいてい気まずそうに口をつぐんで、相手が落ち着くのを見守ることしかできない。私には「慰める技術」というものがない。相手に「ごめんね」と言われても、大人になって身につけた反射のようなもので「イエ、イエ」とドライな返事をすることしかできない。相手を気遣う言葉と言おうとすると、なんだか体が熱くなって、うまく言えない。無理やり捻り出したとしても「ダイジョウブデスヨー」といった感じの、アンドロイドもびっくりの棒読みになってしまうありさまだ。件《くだん》の親子のやり取りを目撃したとき、私は異文化に触れた衝撃と同時にその原因をすぐに理解した。私は母から「ごめん」と言われたことがないのだ、と。

「ごめんね」「大丈夫だよ」「大丈夫だよ」「ありがとう」という会話のキャッチボールを、私は母から学ぶことができなかった。母は、私を慰めたり、私に謝罪するということを、私が記憶するかぎりはほとんどしてこなかったのだ。母は決して、悪意があってそうしていたわけではないと思う。母もまた、自分がそう育てられてきたのと同じように私に接してきたに過ぎないのだろう。先日、祖母が祖父の目の前で熱湯を溢《こぼ》してしまい、祖父が軽いやけどをした。さすがに一言あるだろうと思ったが、祖母は熱がる祖父を前にして、ただ居心地が悪そうに「熱いでしょ」と言っただけだった。ごめんと言われなければ、私たちはそのあとに続く言葉を身につけることはできない。謝罪というのは、社会で生きていくにはどうしても必要になってくる。だから、母も祖母も、家族以外の相手にはごく自然に謝罪ができている。でも、慰めるという技術は、謝罪に比べるとたいして重要なものでもないからなのか、大人になって社会に出たとしても、謝罪のように義務的に身につくことはない。だから私は、「ごめん」と言うことはできても、相手からの「ごめん」については、飛んできたボールの受け止め方がわからないまま、ボールを顔面で受け止めては戸惑い硬直しているのだ。

私の家庭には「慰め」と「謝罪」の文化が欠落している。そして、慰めの欠如は、謝罪の欠落による決定的な亀裂を作ることはなく、目に見えないようなわずかな摩耗を、少しずつ、少しずつ生んでいくのかもしれない。私は、この先うまれるかもしれない私の子供に、謝罪と慰めの技術を与えることができるだろうか。私はそのために、家族であっても謝らなければいけないときは「ごめん」と言い、悲しみに気がつけば手を握らなければならない。私にそんなことができるだろうか、本当に。

トイレから出ていく親子の後ろ姿を、鏡に沿ったいくつもの電球がまぶしく照らす。私はふたたび、鏡に映る自分の顔を見つめなおした。

積み木の塔

最近、話題の種はTikTokから生まれることが多い。昭和の子供たちの話題がもっぱらドリフのコント番組だったように、平成のオタクがニコニコの動画についてばかり話していたように、私が働くバイト先の学生たちはTikTokの話ばかりしている。私はというと、いまだTikTokを始めるに至っていない。アプリをインストールするところまではいったのだが、開いた瞬間ノンストップで流れ始めた無数の映像に混乱し、画面を縦に動かすのか横に動かすのかもわからないまま早々にギブアップしてしまった。まるで巨大な洗濯機のようだ。映像の濁流のなかから命からがら逃げ出した私は、ぐったりと天井を見上げながら「もう流行りを追うのは無理かもしれない」と思った。

もともと流行に敏感なタイプではなかったし、流行を追おうと思うタイプではなかった。それでも20代前半くらいまでは私も「私が最先端のカルチャーでござい」という顔で街を颯爽と歩いていた。「年寄り笑うないずれ行く道」とは自分に言い聞かせながらも、ふとしたときには「こんなこともわからないのか」と、からかいたい気持ちになることもあった。しかし、30代に近づいてくると私にとって流行は「追いたくないもの」から「がんばっても追えないもの」に変化し始めたのだった。昔は自分の意思で選ばなかったものに、選ばれなくなっていく。すこし気に入った後輩男子にちょっかいを出してみたら、真顔できっぱりと「やめてください」と言われたかのような気恥ずかしさがある。そうなってくると、己の情けなさをなんとかごまかしたくなって、苦し紛れに「なにマジになっちゃってんのさ」と言いたくもなるだろう。

私はTikTokデビューに失敗したショックをなんとかごまかしたくなって「こんなのべつに面白くもなんともない。こんなの見てたら頭が悪くなっちゃう」と自分に言い聞かせた。まさに酸っぱい葡萄《ぶどう》。ちいさい頃、ゲームをやっていたら親戚に「ゲーム脳になるぞ」と言われた。結局ゲーム脳ってなんだったんだ。ゲーム脳になったからどうなるというのだろう。調べてみると、ゲームによって前頭前野の働きが低下してキレやすくなったり、集中力がなくなったりする状態がゲーム脳というらしいのだけれど、ゲーム脳になるぞと脅してきた大人のうち、いったい何人がそこまで知識を持って警告していたのだろうか。おそらく結構な割合で「とにかく頭がおかしくなる」ぐらいの感覚でゲーム脳という言葉を使っていたに違いない。私もTikTokについてよく知らないが「TikTokを見ていると頭が悪くなるに決まってる」と漠然と思っているのだ。

自分がよく理解できていないものに対して、攻撃的な姿勢をとってしまうのは人の本能なのかもしれない。それはわかる。原始の時代では警戒心もなく怪しいキノコを食べて死ぬこともあっただろうし、誰にでも丸腰で近づいていたら殺されていたのだろう。しかし、今でもそういうことがないというわけではないにしても、世界のなかでも比較的情報にあふれ平和と言われているこの国では、そんなことは滅多に起きない。現代社会において、毒キノコに代わるのは流行である。

流行は人の趣味嗜好を変え、思想を変え、文化をも変えてしまう。インターネットは情報の広がりを速めた代わりに読書の文化を衰えさせ、流行語は曖昧な感情を簡単に共有できるようにした代わりに、いくつかの日本語を日常から追い出した。それが自分にとって有益なものか害のあるものか、実際に齧ってみなければわからない。流行によって起きていく変化を、自らを積み木の塔だと思い込んでいる私は怖がっているのだ。やっと形になりつつある積み木のお城に満足していたら、新しい色の積み木を足してほしいと言われて、変化に対する恐怖と、面倒さ、そして今の形にケチをつけられた苛立ちも相まって「崩れるから無理」と、よく考えもしないで拒否してしまう。素直に検討して、積み木を足せばもっと良い塔になるかもしれないのに。私はBeReal.の誘いも拒否した。皆が集まってお互いをフォローし合っているなかで、私ひとりだけが頑なにスマホを出さなかった。「本当にやらないのね?」と聞かれ、意地になって「やらない!」と返事をした自分を殴りたい。もう誰も、私をBeReal.に誘ってはくれない。Blueskyもやってない。Threadsの招待は無視し続けている。笑ってくれ。10年後、私が誰もいなくなったTwitterでくだらないツイートをし続けていたら、指を指して笑ってくれよ。

先日、通りすがりに80代くらいの老紳士たちの会話を聞いていたら、そのなかのひとりが「エグいねぇ」と言った。アク抜きされてないタケノコでも食べたのかと思って一瞬聞き流したが、会話の流れは間違いなく、若者が使う「エグい」の文脈そのものだった。私は震えあがった。この紳士の積み木の城は、一体どれだけ高く聳《そび》え立ち、美しい形をしているのだろうか。

声は小さい、気は強い

私は声が小さい。言葉を話せるようになった瞬間からずっと小さい。話す速度ものろくて、抑揚もあまりない。どうしてこうなったかはわからない。物心がつき、いくつかの言葉を発したあと、私はこのくらいの音量が私には最適と考えたのだと思う。もしかしたら、最初は声の大きく短気な父を刺激しないためだったかもしれないし、べつに理由なんてとくになくて、ただ母の話し方をそっくりそのまま受け継いだだけかもしれない。たしかに、私と弟は母とそっくりな話し方をする。3人とも、まるで牛が草を食《は》みながら半分眠りかけているような調子で話すので、せっかちな祖母はその様子を見ていつも呆れたような顔をしているし、たまにしびれを切らして「はっきり喋んなさい！」と怒鳴ることもあった。しかし、母の影響を抜きにしても、父の怒鳴り声を「ＤＮＡに直接届く恐怖」だと感じていた私にとっては、大きな声を出すことは怒りの表れであり、してはいけないと考えてしまうことなのだと思う。

珍しく私が大きな声を出すとき、私はたいてい怒っている。楽しさや喜びで大きな声が出ることはほとんどない。ポジティブな感情を大きな声で表現する方法がわからない。唯一、ジェットコースターに乗ったときだけは人並みの音量で「キャー！」と叫ぶことができる（これは楽しさというより恐怖かもしれないが）。私は、ジェットコースターでしか聞けない自分の声が聞きたくて、ジェットコースターに乗るのかもしれない。今日もバイトでのアドバイスを後輩に聞き返された。同じ音量で丁寧に言いなおす。普段こんな調子で生活しているから、カラオケに行ったときはたいてい驚かれる。みんな口をそろえて「そんな声出るんだ」と私に言う。当たり前だ。私は合唱団で10年間みっちり腹式呼吸をやっていたのだから、腹の底から大きな声を出す技術を持っていないわけではないのだ。

歌というものは、あらかじめメロディが決められている。歌には決まったメロディを正確になぞっていく楽しさがあるのに対し、言葉にはそれがない。どんな抑揚で話すかの責任はこっちに丸投げだし、声色ひとつで伝わる温度が変わってしまう。まるで大学の時間割作成だ。ろくにやり方も教えてくれないくせに、しくじったら脱落する。そんなことを考えているから、私の声はどんどん小さくなっていく。

ならば声が小さければしくじらないのかと言われれば、それもまた違う。若さという輝きに満ちた集団において、声の小さいものの尊厳はないに等しく、ことあるごとに「元気ないね」「ノリ悪いね」と敬遠されてしまい、声の小さいものは徐々に蚊帳《かや》の外へ追いやられる。〝声ちいさい当事者〟である私ですら、学生時代に声の小さい男子に恋心を抱《いだ》くことはなかった。私自身に聞く力がなかったから、声の大きい人に押し流されるように心を奪われていたのかもしれない。今よりも若かった私は、声が小さいと言われ続けて、私は自分の話し方が嫌いになっていた。なんだか悪いことをしているような気持ちになって、なんども言い直さなければならないなら、いっそ話すのをやめてしまおうと思っていたこともあった。大真面目に拡声器を持ち歩こうかと悩んでいたこともある。

声の小さい私のまま、そんな自分を受け入れて心穏やかに過ごすために、私はいろいろなものを放棄しなければならなかった。黒人系ハーフのイメージ、組織での労働、ある層からの印象の良さ……。私は声は小さいが、言いたいことがないわけじゃない。それを「声が小さい」という情報に惑わされずに聞いてくれる人は、実はほとんどいないのだ。

先日配信番組に出演したとき、コメント欄には私が話すたび「声ちいせぇな」「ハキハキ喋れよ」というような言葉が押し寄せていた。マイクがあるし、聞こえていないわけではないはずなのに、声が小さいことに罪悪感を覚えさせたい人はたくさんいる。以前の私であれば「ごめんなさい……私が悪いんです」というような調子でふさぎ込んでいただろう。ふさぎ込むというより、これはふてくされだ。どちらにせよ直す気がないから、いじけて慰められようとしているだけだ。どうせ直す気がないなら、ふてぶてしく開き直ったほうが潔い。ある程度歳をとり、自分の人生を生きてきた今の私には、押し寄せるコメントを見てもはやふてくされるしおらしさはなく「これが私だ」とふてぶてしく開き直った。

そんなのお前に言われなくてもわかっとる。こちとらちいさい頃から「おはよう」と「おやすみ」より多く「声ちいさいよ」って言われ続けてるってんだ。顔も知らないお前に言われたところで、律儀に直してやる義理は無いッ!!

と私は心のなかで大声で叫んだ。

昔、ビッグダディがテレビの中で「俺はこういう人間だ」とぶっきらぼうに言っているのを聞いた。あのときは「めちゃくちゃなことを言うな」とテレビの前で憤慨していた幼い私だが、今ならあのときのビッグダディの気持ちが少しわかる。ビッグダディが一体なにに対してそう言ったのかは憶えていないが、たぶんビッグダディは自分のなかの譲れないものを守ろうとしたのだ。それも、世間的には決して褒められるようなことではないものを。良いものであるか、悪いものであるかは、結局のところ比較されることで判断される。相対的に決して良いとは言えないことでも、これを譲れば自分ではなくなるというもの。彼はそういうものを守っていたのかもしれない。

ちゃっかしいの謎

小学校の高学年のとき、突如として謎の言葉が流行した。たぶん最初に言い出したのは、学校の中でもやんちゃで目立っていた稲村くんだったと思う。ちなみに私は稲村くんのことが好きだった。小中学生の頃は、私も例にもれず足が速くて少しやんちゃな男子を好きになりがちだった。まあ、この件と一切関係ないそんな話は置いといて、稲村くんはあるときからこんなことを言うようになった。

「ちゃっかしい」

ちゃっかしい。それは私が今まで聞いたことのない表現だった。ちゃっかしい。聞いたことがなかったどころか、小学校を卒業して30歳が近づいてきた現在に至るまで、その言葉は、あの頃の校舎の4階でしか使われているのを聞いたことがない。私たちがその「ちゃっかしい」という言葉をどのように使っていたのか、いくつか例文をあげておこう。

「5時間目算数だわ〜ちゃっかしいわ〜」

「佐々木嫌いだわ。ちゃっかしくね？」

「おいお前らちゃっかしいから黙れよ」

だいたいこんな感じである。「ちゃっかしい」は他にも多様な使われ方をしていて、発信源の稲村くんに至っては、一時期すべての表現にこの「ちゃっかしい」を用いていた。ちゃっかしいは、推測するにおもに不快感を表すときに使われていたようだ。大多数に伝わる表現を代入するならば、おそらく「だりぃ」が適切だろう。

さて、ちゃっかしいは一体どこから来たのだろうか。小学生のときはわけもわからないままのみ込んでいた言葉の出どころを、今さらながら考えてみる。聞き慣れない表現に遭遇して、私たちがまず最初に考える可能性は「方言」だ。稲村くんは転校生でもなんでもなかったから、きっと稲村くんのご家族か近しい誰かに地方出身の人物がいて、その人が何の気なしに使っていたその地方の表現を稲村くんが共通言語のように使っていた、というのが私の最初の仮説だ。さっそく手元にあったスマートフォンの検索欄に「ちゃっかしい」と入力してみる。サジェストに「ちゃっかしい 方言」と出てきた。それに従って検索にかけると、検索結果のいちばん上に「ちゃかしいはどこの方言ですか?」という内容のヤフー知恵袋があった。サイトを開いて下に掘ってみると「東北だと思います」との回答。一旦検索結果に戻り、その下にあるWeblioも見てみる。「ちゃっかし　下北弁」との記述。なんだ、やっぱり方言じゃないか。やっぱり稲村くんの近親者に青森の人がいたかなにかだったのか。ごく自然な答えに最速で辿り着いてしまい、私はその面白みのなさに「けっ」という顔をする。ところが、その「ちゃっかし」の意味が書かれた欄を見ると、そこにはどうも腑に落ちない内容が書かれていた。

「ちゃっかし　意味：あわて者、軽率な人」

うーむ。これではないかもしれない。たしかに、私が書いた例文のように人に対して「お前ちゃっかしいぞ」と言うならなんとか辻褄《つじつま》が合うが、授業がちゃっかしいとはどういうことか。思い出すに、私たちはもっと、なにかを〝かったるい〟と表現するような感じでちゃっかしいと言っていた。ここで調査をやめてしまうのはもったいいない気がする。

さらに検索欄を進んでいくと、関連項目に「じぁかあしい」という言葉が出現した。じゃかあしい。これなら聞いたことがある。たしか、中学生の頃好きだった大川くんのマネをして熱心に見ていた「ミナミの帝王」で、じゃかあしいは頻繁に出てきていた気がする。中学生の私が、ミナミの帝王好きのツッパリ転校生に惚れていたことは、また一旦置いておくとして、私の中にもうひとつの仮説が生まれた。

稲村くんは、きっと私と同じようにミナミの帝王かなにかを見て「じゃかあしい」という言葉を耳にした。竹内力の渋さに胸を打たれた稲村少年は、自分も同じように「じゃかあしいわ」と口にしようとする。ところが、乳歯が抜けたばかりで隙間だらけの前歯からヒューヒューと空気が漏れて上手くいかず、結局「じゃかあしい」は「ちゃっかしい」という発音になり、私たちのあいだに流行した……。じゃかあしいの意味にも「うるさい。めんどくさい」とあるし、この仮説はかなり有効なように思える。

それからも私はちゃっかしいについて色々と考えた。バイト先のお客さんの会話の中から「ちゃかす」という言葉を拾って、ちゃっかしいは「ちゃかす」が何らかの意図をもって変化したものなのかもしれない、などとも考えたが、結局「これだ！」という答えはいまだ見つかっていない。真相を聞こうにも当時のことを憶えている同級生なんていないだろうし、稲村くんは今頃どこでなにをしているかもわからない。

あの頃爆発的に使われ風のように消えていった「ちゃっかしい」という言葉……。私はもしかしたら、全く新しい言葉の誕生に立ち会っていたのかもしれない。今日から地球でたったひとり、私が「ちゃっかしい」と声に出せば、ちゃっかしいはふたたび息を吹き返し、そう遠くない未来に辞書の一ページを彩ることになるかもしれない。そんなちゃっかしい妄想で、今日も夜は更けていくのだった。

自慢じゃないけど

「自慢じゃないけど」と、祖母はよく口にする。

リビングの棚には私が持ち帰ったウィスキーが何本か並んでいる。バランタイン、オールドパー、イチローズモルト。人から譲ってもらったものがほとんどなのだが、中には太っ腹な紳士が気まぐれで寄越すような、なかなか手に入らない高価なものもあったりする。祖父は自他ともに認める下戸で、母もほとんど飲まず、私も外では自滅するような飲み方をするくせに、家ではめったに飲まない。祖母はというと、夕食のときに紙パックの安いワインや発泡酒を1杯だけひっかけることはあるものの、ウィスキーは飲まない。だから、並べてあるこの瓶の中身はほとんど減ることはない。そういうわけで、彼らは我が家の部屋の一角を、長いこと占拠したままでいる。

来客をもてなすとき、祖母は蓄えておいた洋菓子（これもまた私が貰ってきたもの）でテーブルを丁寧に飾り付け、食器棚から家族が見たこともないこじゃれたティーカップを出してくる。それにコーヒーを淹れて客人をもてなしながら、自分の後ろにあるウィスキーの紹介を始める。そして、最後にはこう付け加える。

「全部貰い物なのよ。買ったわけじゃなくて。でも良いものみたい。私ってこういうの嫌いなのよ、匂いが強いじゃない？　だから自慢じゃないのよ」

最近はこんなこともあった。私は先日、ある人からいくつかの化粧品を譲ってもらった。ほとんどは自分で使うことにしたのだが、肌に合わないことが多い乳液は祖母に譲ることにした。祖母は値段を知るのが好きだ。お菓子でもなんでも、貰ったものの値段を知ることが彼女の楽しみだと言っても良いくらい値段を気にしている。いつものとおり「高いんでしょ?」という「いくらなの?」と同義の質問を受けた私が、しぶしぶネットで乳液の値段を調べてみると、なんとその乳液は2万円近くもするものだった。あの隅にある何本かのウィスキーよりも高価だ。そのことを伝えると、祖母は目を輝かせながらしばらくのあいだ乳液を天井に掲げ、うっとりと眺めた。それから3日にいっぺんほど、その乳液をほんのハナクソくらいだけ手のひらに出して、大事そうに顔に塗っている。「そんなちょっぴり塗ったくらいじゃ意味がない」と言っても、祖母は今も変わらずそんな調子で使い続けている。乳液を手に入れてからというもの、祖母の来客への自慢は、ウィスキーからこの乳液へと切り替わった。祖母は言う。

「この乳液、1万8千円もするのよ。貰い物なの。こんなババアなのに、こんなに良いもの使っちゃって、自慢じゃないのよ、貰い物だもん。こんなの自分じゃ買えやしないんだから」

私はいつもそんな光景を見ながら「なんだそれ。自慢でいいじゃん」と、廊下からリビングを覗き込んで腹を立てていた。祖母のこのお決まりの「自慢じゃないけど」という台詞は、私にはなんだか情けないハンズアップのように聞こえてしまう。まるで、うちにやってきた人間に「こんな良いものを持っていますけど、これはたまたまお恵みがあっただけで、実際の私たちの暮らしは貧相で貧乏くさくて、あなたの嫉妬心を搔き立てるような生活ではありませんよ。私はあなたの敵ではありませんよ」と、眉尻を下げて揉《も》み手をしているみたいだ。

祖母は人に〝贅沢だ〟と思われることを極端に恐れるところがある。近所の人にメロンを貰ったときも、お隣さんにはそのことがバレないようにコソコソと私に話してきた。私はその様子に苛立って「なぜメロンも自由に食えないのか。ここは意地の悪い限界集落か」と喚いた。祖母は私を睨《にら》みながらもシュンとしたような顔をした。私もなぜ自分がそんなに腹を立てているのかわからなかった。祖母が素直に自慢できない性格なのは、祖母が生きてきた時代や環境を思えば当たり前のことなのかもしれない。若いうちから奉公に出て学校にも行けず、前の夫には暴力を振るわれ、子供を抱えて貧しい暮らしをしてきた人だ。生まれつき耳が不自由なこともあって、意地悪なこともされたと聞いている。

祖母は人に「自分は幸せだ」と表明する術を知らない。祖母はこうやって、幸せを隠すことで身を守ってきたのかもしれない。家族から守られ、なにも考えず自由に生きてきた私とは違う。私はそれが悔しい。私はいちどでいいから、祖母に「これ素敵でしょ」とか「良いもの頂いちゃった」とか、そういうことをなにも考えずにあっけらかんと言ってほしい。自分にもっと、祖母がしたいことをなんでも叶えるような力があったらいいのに。それができない自分の頼りなさ。私が祖母の「自慢じゃないけど」に苛立つ理由はきっとこれなのだろう。私が自慢の孫になってはじめて、祖母は自慢ができるのかもしれない。

黒人好きならエロい歌歌えばいい

私は黒人とのハーフだ。それで、黒人好きの男が嫌いだ。

とはいっても、人の好みに善悪をつけるつもりはない。私だって、色白の優しい目の男が好きだ。人にはそれぞれ、恋愛的に好きになる相手の傾向、俗にいう「タイプ」というものがある。もちろん、エキゾティックな顔が好みという人もいるだろう。私はそれを聞いて不快になったりもしないし、美人が好きだと言われても、物静かな子が好きだと言われても「そうなんだ」程度の感想しかない。それぞれの好みのタイプというものを面白がったり「ありえな～い」とか言いながら楽しいおしゃべりに終始し、まあ、人それぞれだよねぇと締めくくり、次の日にはほとんど忘れている。

それなのに「黒人が好き」とか「ガイジンが好き」と言われたときの、この誤魔化しようのない不快感はなんなのだろうか。そう言われたとたん、私の視点は見つめ合う人間同士から、一方的に品定めされるショーケースのなかの動物と人間に切り替わってしまう。この人と私は同じ人間として話すことはできないのだと、盛り上がっていた気持ちが一気に落下して「あぁ、エロい目でしか見てないんだ」と真顔になってしまう。きっと、巨乳が好きとか、デカい尻が好きとか、そんなことを言われる人も同じ気持ちなのだろう。初対面で「巨乳が好きで」と言い出す馬鹿はそういないが「黒人が好き」と言うやつはいるのが不思議だ。

なにより不思議なのは、「美人が好き」と同列の趣味嗜好であるはずの「黒人が好き」という表明を〝性的だ〟と感じている私自身の思考である。これでは、黒人の存在そのものが〝性的〟ということになってしまう。そう考えると、単に私が自意識過剰なだけのような気もするが、これはもはやアレルギーのようなものでどうしようもなく、相手の口からこれが出たら、私の中では一発退場である。

どうやら人は、自分がコンプレックスに思う部分を褒められても、そうそう嬉しくはならないらしい。結局、ほんの少しでも「これも自分の価値ある部分だ」と認められる部分しか、人は他人に評価されたくないのだろう。私は自分の肌の色も、丸く突き出たおでこも嫌いだった。私にとって〝黒人〟はコンプレックスだった。そして、黒人のステレオタイプなイメージから遠ざかろうとする自分のセンスも気に入っていた。だから、軽率に黒人が好きだと言われると、自分のセンスを否定されたような気分になる。とにかく、私は黒人好きの男が嫌いだ。黒人好きの男がいそうな場所には近づかないし、黒人好きそうなファッションをしている男を好きになったりもしない。

私には付き合って1年半経つ恋人がいる。彼は中央線沿いに住んでおり、1匹の猫を飼い、物の少ない部屋に住み、私の父とは真反対に、声は小さく気性も穏やか。まるで、風にそよぐ花のような人だ。〝娘は父親のような人を好きになるものだ〟なんてとんでもない。私は父となにもかもが違う人を選び、「どことどこととのハーフ？」とも「黒人好きなんだよね」とも言わない人を好きになった。私が「私のどこが好きなの」と、面倒くさい質問を投げかけると、彼は「おもしれー女だったから」と言った。良かった、この人は黒人フェチでも褐色フェチでもないし、私が黒人ハーフだから好きになったんじゃなくて、おもしれー女だから好きになってくれたんだ。私はその答えを聞いて、大げさに安心した。

安心して、それから今日までなにも取り繕《つくろ》わず過ごしている。朝起きないし、ご飯も作らないし、掃除もしない。髪は洗わせるし、気まぐれに食器を洗ったかと思えば割るし、白ワインを飲みすぎては酔っぱらってしつこく絡む。我ながらおもしれー女。これまでの恋愛では、支えようとして大人びた素振りばかりしていたのに、今私は、恋愛においてはじめて支えられている。私は完全に心を開いていると思う。いつもありがとう。穏やかな恋愛。穏やかな毎日。ゆるぎない平和を獲得して、私はどんどん自分が好きになっていった。前髪をあげておでこを出すことも増えたし、夏には背中のあいたワンピースを着るようになった。私は自分自身を少しずつ認められるようになり始めていた。

そんなとき、私のところに〝ファンク〟は突然やってきた。

彼の部屋のスピーカーから、相対性理論と「ずっと真夜中でいいのに。」に紛れて、ときどき妙な音楽が流れていることには気づいていた。私がお風呂上がりに適当に借りているTシャツが、妙なデザインだということにも気づいていた。在日ファンク。名前を聞いたことがないわけではない。ある日、彼から「在日ファンクのライブに行こう」と言われた。私はこのとき、ファンクがなんであるのかすら理解していなかった。私は「なんかクロマニヨンズみたいなバンドでしょ」と言った。そう、パンクとの区別すらついていなかったのである。「京都アンドレスポンスがあるから、練習しておいて」と言われ「なんだそれ」と思っていたら、いつのまにかライブ当日になっていた。

ダンスホール新世紀。鶯谷《うぐいすだに》のひしめきあうラブホテルのど真ん中にその会場はあった。ラブホテルから出てきたところであろう男女とすれ違い、私たちもこれからラブホに入ると思われているんだろうなとか考えながら、なんとなく気まずい気持ちで歩く。私たちが外で手を繋いだりすることはほとんどない。恋人なんだから、ラブホテルに入ったとしてもなにもおかしいことはないのだが、側から見れば友達のように見える関係に、他人の生々しい想像が加わるのはなんだか嫌だ。私は必要以上に、彼と距離を取って歩いていたような気がする。

会場に到着して料金を支払い、貰ったドリンクチケットをアルコールに交換する。レトロでおしゃれな会場にテンションが上がった私は、べつに好きでもない、むしろ苦手な部類に入るテキーラソーダとチケットを交換し、開演を待たずに一気に飲み干した。早くもベロベロ一歩前くらいの状態になり、「パンクっぽい格好で来たけどなんか間違ったかも!!」「ミラーボールだ!!」と騒いでるうちにライブが始まった。

始まって何曲か聞いて、私はファンクがどういうものかなんとなく理解した。ジェームス・ブラウンのことは知っていたし、「ゲロッパ!」も知っていた。あぁ、ファンクってこれね、と思い出したに近かった。思いっきりブラックミュージックじゃん。隣で楽しそうに棒立ちしている恋人(手をあげたり声を出したりはしない)を横目で見ながら、ファンクかぁ、意外だなぁと思った。私は周りに合わせて手をあげたりレスポンスをしたりしてそれなりに楽しんでいた。ボーカルのハマケンのパフォーマンスもかっこよくて、来てよかったと思った。適度に満足していた。また来るかはわからない。適度に満足したままライブは終盤に近づき、お決まりのアンコールに応えたバンドがこれまで通り、私の知らない曲を演奏し始める。立ちっぱなしで腰が痛いのでそろそろ帰りたい。アンコール曲の中盤に間奏が入る。金管楽器の演奏をバックにして、ハマケンが語り始めた。

はじめて聞いた曲の歌詞なんて、ところどころしか聞き取れない。酔っているのもあって、あーなんか言ってるなーくらいに考えながら揺れていた私の耳に、突然はっきりと言葉が聞こえた。

「黒人好きならエロい歌歌えと言われた」

酒ですべてが曖昧になった世界のなかで、それだけがはっきり聞こえた。私の心臓は予期せず撃ち抜かれた。黒人好きの男を蛇蝎《だかつ》のごとく嫌っていたこの私が、ステージのハマケンから一気に目が離せなくなったのである。え、私のために歌ってる？

私は最近、少なからず自分の性的魅力に不安を感じていた。それは肉体の衰えとかそういった話ではなく、〝彼から見て、はたして私は魅力的なのだろうか?〟という疑問である。他人にはエロい目で見られたくないのに、好きな人にはエロい目で見られたい。女という生き物は、たいていそういうものである。私は自分が比較的性欲旺盛な自覚がある。それゆえに、相手に無理をさせているのではないかという不安があった。私が彼から見て〝人として〟魅力的だということには、ある程度自信が持てている。ただ、欲というものをほとんど匂わせないこの人に、私の褐色の身体はどう映っているのか。私はそれが知りたかった。ハマケンがそう叫んだ瞬間、私はハマケンにステージの上から「このスケベ女」と指を指されたような気がして、背中に電気が走るような感覚がした。

自分の中の黒人を嫌い、必要以上に遠ざかって、ようやく「思ったより悪くないかも」とトボトボと戻ってきた私を、ハマケンは腰を抱いてグイと引き寄せたのだ。なんてこった。私の褐色の肌も、分厚い唇も、プリッとしたお尻も、入念な制汗剤も、ぜんぶハマケンに丸見えだ。そういうことなら、私の隣でクールな顔して楽しんでいるこの人はどうなんだ。私は音楽は「共感」だと思っている。人は共感した音楽を好きになる。この泥くさくて、ふてぶてしくて、むせかえるように性的なファンクという音楽に少なからず彼が共感を覚えているのなら、私のことも魅力的に見てくれているのだろうと思えた。私の身体は一気に熱くなり、うっとりとしたままハマケンを見つめ続けた。たぶん彼はそこまで考えていない。彼はただ金管が入った音楽が好きなだけなのだと思う。わかってはいるけど、こういうポジティブな妄想はしたもの勝ちである。私は勝手に盛り上がり、ご機嫌なまま家路についた。ありがとう在日ファンク。ありがとうハマケン。私は早速来月のチケットを取った。

数日後、「最近ハマケンのことばっかり考えちゃう」という私に、恋人は複雑そうな表情で微笑んだ。

復讐

私がいつから言葉に執着するようになったか、思い出してみよう。

私の言葉にまつわる悲しい記憶は小学校の下校時間から始まっている。私は天然パーマの髪を三つ編みにして、赤いランドセルを背負って学校に通っていた。今の私ならば選ばないであろう、昼下がりの日の光を受けて、鮮やかに輝くロゼ色のランドセルだった。授業が終わって帰る途中、あと5分も歩けば家に着くあたりの道には、やがて私も通うことになる中学校があった。道は中学校のフェンスに沿って続き、フェンスの向こう側には広い校庭があり、もう少し道を進んだ先には、小さなテニスコートのような場所がある。私たちが下校する時間、そこには部活動をしている生徒たちや、地面に座ってたむろしている不良少年たちがいた。私はいつも「今日はだれもいませんように」と祈りながらその道に差し掛かるのだが、それが叶うことはほとんどない。今日も彼らは私を見つける。気だるげに時間をやり過ごす不真面目な生徒たちにとって、私はちょうどよい暇つぶしだったのだろう。俯《うつむ》きながら足早に歩く私の耳に、フェンスの向こう側から意地悪そうな声が飛んでくる。

「ハロー、おい、ハロー」

「ハワユー、キャサリン。ジェニファー?」

ランドセルの肩ひもの部分を握った両手に、恐怖と恥ずかしさで力が入る。顔を向けるともっとなにか言われそうだし、走って逃げれば笑われそうで、聞こえないふりをして、歩き続ける自分のつま先をジッと見た。少年たちは私をひとしきりからかうと、何事もなかったかのように自分たちの話題に戻っていった。私が本気で英語しかわからないと思って話しかけているとはとても思えない。もし彼らが「ハロー」ではなく「こんにちは」と声を掛けてきたとして、それからキャサリンやジェニファーなんてあてずっぽうな名前ではなく「名前はなんていうの」と話しかけてくれたとしたら、私は素直に応じていたかもしれない。でも、彼らの目的がそんな真面目な対話ではないことは、小学生の私でもわかっていた。私は同じ言葉で考えたり感じたりするのだと、想像もされない存在。彼らが私に声を掛けるのは、時間を持て余して、道を歩く野良猫に声を掛けるのと同じようなこと。彼らの私に対する言葉の使い方は、そんなところだった。悔しかった。言い返すこともできず、頭のなかだけで、どう言い負かしてやろうかとグルグルと台詞を練り続けていた。

もうひとつ思い出すことがある。

高校生の頃、近所のバス停に立っていると、あとからやってきた初老らしき男が笑顔で声を掛けてきた。男は「ハイ」と話しかけたあと、私の返事を待たずに早口の英語で流暢になにかを話し始めた。まるで、長年勉強してきた英語の使いどころをようやく見つけたと言わんばかりの得意げな様子に気圧《けお》され、私は困惑した表情で、彼から発される音声を聞き続けた。しばらく意味のない時間が続き、彼がやっと息継ぎをしたところで「英語はわかりません」と私が答えると、彼の引きあげられた口角はみるみるうちに下がっていった。それからバスが来るまで、彼は私に「どうして英語を話さないんだ」「英語が話せないなんて恥ずかしい」「もっと勉強したほうが良い」「恵まれているのに不真面目だ」と言葉を浴びせ続けた。あまりにも悔しくなって、私は目に涙を溜《た》めたままバスに乗り、電車に乗り、着いた駅の近くにある書店に駆け込んで、棚からむしり取るように「バカでもわかる英会話」という本を取ってレジへ向かった。そのまま血眼《ちまなこ》で数ページを読み込んだが、怒りは徐々に収まり、それに伴って英会話への意欲も薄れ、結局、ふたたびその本を開くことはなかった。それでも悔しさは残る。どうして、英語を話せないだけであんなことを言われなければならなかったのか。激しく燃えたあとにくすぶる煙のなか、私は復讐をどう果たすかを考えた。そして、私がするべき復讐は、あの男の言うとおりに涙ぐましく努力して英語を学ぶことではない。私の復讐は、今私の手のなかにある刃を研ぎ澄ますことだと思い立った。彼らがとっくに自分のものとしているつもりの日本語を、私は華麗に攫《さら》って飼い慣らしてやろう。あたらしい武器を一から削り出すより、このほうがきっと早い。私は、自分の日本語を美しく磨こうと決意した。

私は言葉を聞き流さなくなった。わからない言葉には線を引いてすぐに調べ、難しい言葉は頭の引き出しのすぐ取り出せるところに置いた。相変わらず話すのは得意にならなかったが、文章では桐の箱の継ぎ目がぴったりと合わさるように、寸分違わず伝わるように考え続けた。恥ずかしいなんて言わせない。貴方たちが一色の紅で梅の花を描くのなら、私は十の色でその花びらを描いてみせる。私は日本人だ。誰にも違うなんて言わせない。

日本語検定の存在を知って、まずはと3級を受検した。参考書の過去出題に目を通す。3級でもすでに難しい。無勉強では受かりそうになかったので、毎日必死に勉強した。試験当日、会場に到着し、3級の受検者が集まる教室に向かうと、そこにはたくさんの受検者がいた。ひとつの教室には入りきらなかったようで、前にあるホワイトボードには、一部の受検者は別教室に移動するようにとの指示があった。私の番号もその一部に含まれていたので、指示に従って少し離れた教室へ向かう。到着した教室は、おもに1級の受検者が集まっている教室だった。さっきの3級の教室のとは、明らかに雰囲気が違う。一目見て〝猛者《もさ》〟だとわかる受検者ばかりだ。教室の前のほうに立っていた老人は、まるで山から下りてきた仙人のような白いひげを胸のあたりまで伸ばしていて、世の中にこんな分厚い本が存在するのかというほどの辞書を小脇に抱えていた。これが1級。私は恐れおののいた。受検が終わったあと、私は書店に立ち寄って、1級の参考書を開いた。聞いたことのない言葉ばかりが、呪文のように並んでいる。あの人たちはもはや、言葉をコミュニケーションの手段としてとらえていない。この領域を習得したところで、人に伝える手段としてこれを扱うのは現実的ではないように思えた。はたして、私はここに到達したいのだろうか。私がしたかったことは、なんだっただろうか。数週間後、自宅に3級の合格通知が届いた。次の級への案内もあったが、はやくも意欲は薄れていた。

あのとき、私はなにが悔しかったのか。私はただ、話がしたかったのだ。言葉の通じない動物ではなく、異文化交流の踏み台ではなく、同じ言葉を話す人間として会話がしたかったのだ。わずかな短い会話でもいい、くだらない話題でもいい、少しでも言葉を通して心を分け合いたかったのだ。このまま言葉だけを鋭くとがらせていった先に、それがあるとは思えない。このままいけば、本当に復讐になってしまう。自分よりも語彙が少ないと感じる人間を、私は心のどこかで、いや、かなり態度に出して馬鹿にしていたと思う。思考を表せない人間には、思考自体がないとさえ思っていたかもしれない。私はこれ以上先に行くべきではない。稚拙《ちせつ》な文章を嗤《わら》うポストがタイムラインに流れてくる。いいねを押そうとする指にはっとして、目を閉じた。

復讐ではなく、心から言葉が好きだと思えたとき、私が描く花の色はふたたび増えていくだろう。額に入れて見せびらかすのではなく、ただ「綺麗だね」と言ってもらえるように、私は言葉を誰かと一緒に使いたい。

言葉は歌なり歌は言葉なり

「言葉は歌なり　歌は言葉なり」

父はよく、私に歌を歌ってくれた。おそらくセネガルでは定番の、子供をあやすための手遊び歌のようなものだった。記憶が正しければ、それは「ラーインベレ、アフジャマノ」というような、セネガルで話されている〝ウォロフ語〟らしい歌詞から始まり、それからしばらく単調なリズムが続く。私が「パパ、あれやって」とねだると、父は笑顔で手を叩きながら歌いはじめ、私も手を叩いてそれをまね、まもなく起ることへの期待に心拍数があがってこらえきれずにニヤニヤと笑う。単調なメロディがおわると、父は私の小さい手を取り、その上に自分の2本の指を乗せた。そして、父の歌う「ニギリ、ニギリ、ニギリ……」というまじないのような歌詞に合わせて、父の長くて細い指が、人が歩みを進めるように私の手のひら、腕、肩まで登ってくる。私は笑いながら身をよじるが、〝ニギリ〟から逃げることはできない。ニギリは肩までくると、文字に起こせない父の言葉とともに、ついに私の首をくすぐった。私は手足をバタつかせ、キャーーと笑いながら身もだえる。覚えているのはこれだけ。曲のタイトルも、歌詞の意味も、いまだにわからない。

小学3年生のとき、小学校の音楽の先生に勧められ、市が運営する合唱団に応募した。ごく簡単な入団テストを受けて無事合格し、それから高校2年生頃まで在籍した。毎週土曜日、約100人の団員が使うにしては十分とは言えない広さの練習場のなかで、私たちは世界中の歌を歌う。教会で歌う厳《おごそ》かな聖歌から、朝ドラのオープニングまで、次から次へと与えられた楽譜を食《は》むようにして歌い続けたあの8年。今でも私には、曲を完璧に歌えるようになるまで繰り返し歌い続ける癖が残っている。あるとき、流行りにのって無料のサブスクで音楽を聴くようにしてみた。シャッフル再生に翻弄されるがまま、しらずしらずのうち曲を聞き流すようになり、気づいたときには頭のなかに〝歌えないけどなんとなく知っている曲〟がおおぜい居座わっていた。それはまるで、通っている大学の近くに部屋を借りて友人を入り浸らせていたら、いつのまにか知らないやつまでコタツの下で寝そべっていた、というような厄介さ。顔はわかるが名前は知らない。お気に入りのテーブルの上に、勝手に置かれたそいつのピアス。家主なのに居心地が悪い。怖くなった私はサブスクを解約し、iTunesで好きな曲を200円でひとつずつ買って擦り切れるまで（データなので擦り切れはしないが）再生する生活に戻ったのであった。

合唱団にいるあいだ、数えきれないほどの歌詞に出会った。「限りなき御恵を」「銃把からペン軸へ」「いつか恋する君のために」「踊れる、踊れる」「私は信じる」いろんな歌詞が心に残っている。音楽にのせて口にする言葉というのは本当に不思議だ。言葉ではとても言えそうにない悲しみも、愛の表明も、歌詞になれば真っ直ぐに口にすることができる。幼いころから思ったことをなかなか言い出せない性格だった私は、音楽に言いたかった言葉を見つけてもらうたびに、嬉しくて涙が出そうになっていた。実際泣きながら歌っていたこともあったので、誰にも気づかれていないことを祈る。だから私は歌うことが大好きだ。たぶん、話した言葉より歌った詩のほうが多いと思う。

私にとって、歌は本音だ。本当の気持ちを伝えたり、人生を重ねて寄りかかるために歌がある。だから私には、歌詞のない曲を聴いたり、歌詞のわからない洋楽を聴く習慣がほとんどない。私の音楽の判断材料には、歌詞が好きかどうかがかなりの割合で存在しているのだ。ときどき、英語で歌われている曲の歌詞をなんとなく聞き取っていて「いい曲だなぁ!」と感動しながら改めて歌詞の和訳を見てみると、全く思っていたのと違うことを歌っていたりする。そうすると、曲への気持ちがスンと冷める。作った人にはいい迷惑だと思う。

最近、エルヴィス・プレスリーの映画を観た。劇中エルヴィスが歌う「Trouble」という曲のなかに“My daddy was a green-eyed mountain jack”という歌詞があるのだが、映画の字幕には「俺のオヤジはむくつけき山男」となっていた。オースティン・バトラー演じるエルヴィス・プレスリーに完全にのぼせあがってしまった私は、この珍妙な歌詞の真意をとらえるためにあらゆる解説サイトを覗いた。「俺のオヤジは怪物だ」といった具合の意味だとか「緑の瞳には嫉妬深いという意味が含まれている」とかいろいろと出てきてなんとなく言いたいことは解ったが、共通していない価値観を解説されてもいまいちピンとこない。なんだか、和訳が正確になればなるほどカッコ悪くなっていくような気がして、エルヴィスへの熱がどんどん冷めていく。なんとなく正確な訳でいいから、あのエルヴィスのカッコよさをズドンと表せる和訳はないものかと、しつこく探し回って、ようやくこれだと思う和訳を見つけた。

「俺のオヤジはやべぇ奴」

これだ。これしかない。なんてやんちゃそうで、アホっぽくて、イカす訳なんだ。考えてくれた人、ありがとう。「俺のオヤジはむくつけき山男」では全く湧かなかった共感が、「俺のオヤジはやべぇ奴」になったことで私の人生にグッと寄ってきた。わかる。私のオヤジもやべぇ奴。

そんなやべぇオヤジは、一体私になんと歌っていたのだろう。ニギリ、ニギリ……べつに大した歌詞ではないと思う。それでも、父は幼い私に、その歌を通して伝えたいことを歌っていたのかもしれない。そして、私はその意味をいつまでも知らないほうが良いのかもしれない。数少ない父の愛情の記憶として、温かい思い込みのまま、記憶の中に留めておく。

liberté

ふと思い立って、匿名でメッセージを募集できるアプリを使ってみた。かなり前に使っていた「質問箱」というアプリはどうやらもう利用できないらしく、今の主流は「マシュマロ」なるものらしい。あらかじめ届いたメッセージが選別されて表示されるらしく「匿名のメッセージは受け付けるのに、悪口はこない」のが特徴らしい。悪口が届かない？　そんなことはできっこないだろうと思った。たぶん「バカ」とか「死ね」とか、そういうわかりやすい言葉を弾《はじ》くことはできるのだろう。死ねと言われて喜ぶ人間はいないだろうから、純度100パーセントの悪口として判定することができる。しかし、大概の場合、その言葉をどう受け取るかは人それぞれである。それを悪口ととらえるかどうかはその人の人生、環境、性格などによるのだから、それをいちいち判断するなんて途方もない。そして、たかがアプリを使うにあたって、そんなことをゴチャゴチャと考えることも、また途方もないことである。

募集を始めると、さっそく何件かの「マシュマロ」が飛んできた。「ファンです」とか「好きな音楽はなんですか」とか、弾かれたのかどうかは知る由もないが、たしかに他愛もなく平穏なコメントが届く。自分で募集したくせに、受信箱に一気に溜まると放置ぎみになってしまうのが私の良くないところだ。質問が地層のように重なっていくなか、上澄みを掬《すく》うようにして新しいものから回答していく。しばらくそうしていると、こんなマシュマロが飛んできた。

「ムスリマなのに酒呑んで、家系ラーメン食われたりで、このままではタクフィールしますよ?」

ほら、きたじゃないか。悪口が。

ムスリマ、よく使われる言葉に言い直すとムスリム、イスラム教を信仰している者のことだ。イスラム教では、酒を飲むこと、豚の肉およびその成分が入ったものを摂取することが禁忌とされている。タクフィールとは、破門のこと。その者に対して不信仰者宣告をすることを意味している。私の父は敬虔なムスリムだ。酒も豚も決して口にしないし、足を洗い、毎日5回のお祈りをする。私はお祈りまでは強いられなかったものの、皆が給食でおいしそうに食べるものを決して食べないように教育され、異性との交流を制限されて育ってきた。神様は見ている。天国に行くために、よい子にしなければならないと、訳もわからないままそう教えられてきた。握手は右手、ディズニーランドでポップコーンバケットにつっこむ手も必ず右手でなければならない。そうでないと、私は父に叱られてしまう。神より父のほうが、よっぽど怖かった。その恐怖が、私のなかで何年も積み重なって渦を巻いて、そして火山のように噴火したのは、もはやわざわざここで語るまでもない話だ。やってられるか、と思った。今の私は酒が好きで、豚肉が好きで、男が好きだ。すこし、父への当てつけでやっているところもあるかもしれない。

あの日から私が信仰するものは「自由」になった。なににも縛られず、貰った身体をなににも守られることなく使い果たすこと。それによって与えられる「罰」から逃げきることが私の人生なのだ。このマシュマロを投げてきた何者かの神がアッラーであることを私は否定しない。しかし、それと同じように、私の神は私自身とその自由だ。大いなる存在に守られながら、無神経に私の領域に侵入してきた「タクフィール」という言葉に、私は心底ムカついた。宗教においての罪をチラつかせて脅迫めいたことを言われるのは、私にとって「死ね」と言われているのと同じことだった。

「私はムスリマじゃない。タクフィールだか何だか知らないが上等だ」と回答すると

「ムスリムの子はムスリマ」と当たり前のようにまたメッセージが来た。カッとなってやり取りを続けていると、今度はそれを見ていただろう母からLINEが飛んできた。

「宗教を信じている人を茶化すのをやめて。その人にとっては神聖なものだから。言葉も汚いし、あなた本当に文章で食っていく気ある？」

私はスマホを持ったまま天を見上げて停止した。なんなんだ。私が悪いっていうのか。大学の仏文科に在学していたとき、パリでシャルリ・エブド事件があった。事件があった次の日、パリ出身のムッシュー・リヴォーは、その隠しきれない怒りを顔に張り付けたまま教室に入ってきた。どの先生たちも一緒だった。自由が侵されたことに怒り狂っていた。あんなにひどいイスラムの風刺画を出していたシャルリを「シャルリが悪い」なんていう人は誰もいなかった。母はあのときなにか言ったか？　あまり憶えていない。でも彼女も「シャルリが悪い」とは言っていなかったはずだ。それなのに、なぜ私にはそこまで言うのか。私はすすんでムスリムを馬鹿にしたわけではない。飛んできたボールを打ち返しただけ。それでも私は、自分の生き方を否定されても文句が言えないところに踏み入ってしまったというのだろうか。「文章で食っていく気ある?」と言われるほどのことを、私は言ってしまったのだろうか。宗教と政治と野球の話は酒の席でしてはいけないらしい。私は宗教の話をされると客観性を失うようだ。悪口に「バチが当たる」とか「地獄に落ちる」とかいうやつも嫌いだ。神って誰だ。お前と私の喧嘩だろう。

これ以上、私はなにも言うべきではない。また母に叱られる前に筆をおく。

アイゴヤ

平日の昼、祖母と中華街に出かけた。

メインストリートから少し外れたところにある喫茶「TAKEMI」のママは、祖母の昔からの友人らしい。TAKEMIのママだからといって、彼女の名前がタケミさんかどうかは不明だ。高校生あたりの頃、きまぐれに幼少期の記憶を頼りに訪れたことがある。私が従業員の女性に「タケミさんいますか」と尋ねたときの「なに言ってんだこいつ」という顔が忘れられない。そのあと私が「タケミおばさん」だと思い込んでいた女性とは無事再会できたのだが、なんだか怖くなって「あなたタケミさんじゃないんですか」と聞くことはできなかった。だから、私はこの人の名前がいまだにわからない。私の認識はそのときから「タケミおばさん」ではなく「TAKEMIのママ」である。

TAKEMIのママの旦那さんが亡くなったから、お悔やみを申し上げに行こうと祖母に誘われ、私はまた数年ぶりにTAKEMIにやってきたのだった。平日にもかかわらず、観光客でごったがえすメインストリートから少し離れたこの場所の店内は驚くほど穏やかだった。端のテーブルに派手な髪の男女が1組座っているだけで、他にお客は誰もいない。TAKEMIにはパンダ饅頭も杏仁ソフトクリームもない。本当になんの変哲もない喫茶店だから、観光客が入ってくることはほとんどないのだろう。来るのは、今どきタバコが吸い放題の喫茶店をありがたがる近隣住民たちなのだろうと、私は安易に想像した。カウンターの下のほうには、小太りの優しい顔をしたおじいさんの写真が立ててあった。この人がママの旦那さんか。祖母が香典と思しき封筒を差し出すと、ママは「いいのよいいのよ、こういうのはね、全部断ってんだから！」と、旦那を亡くした直後とは思えない大声を張りながら封筒を突き返してきた。しかし、それに負けじと「いいのよ！　何にもできなかったから私！　いいから！」と、御年88歳の祖母も、封筒をグイグイ押し返す。細いおばさんと丸っこい祖母の封筒を挟んだぶつかり稽古がしばらく続き、そのあと、私の本を読んでくれたらしいママに、私から葛ゼリーのギフトセットを手渡した。これはすんなりと受け取ってくれてホッとした。

お腹が空いていた私は、前にメニューにあった醤油ラーメンを頼もうと思いメニューを見たが、醤油ラーメンが書かれていた箇所は、ピラフやスパゲッティの欄と一緒にシールで消されてしまっていた。そういえば、前に来たときはこの遺影のおじいさんがキッチンのほうでテキパキと動いていたような気がする。私は人の顔を憶えるのが得意ではない。全く会ったことがないと思っていたおじいさんのわずかな記憶が、フワフワと浮かび上がってきて、私は急に寂しくなった。時間差で感傷に浸っている私をよそに、ママと祖母は近所の楊《よう》さんのビルの家賃がどうだとか、井戸端会議らしい話題で盛り上がっていた。時間と空腹を持て余した私は「その辺でお昼食べてくる」と言い、財布だけ片手にぶら下げて店の外へ出た。中華街には数えきれないほど来ているのに、いまだにどのお店がおいしいのかはよくわからない。食べ歩きなら当たりが多いが、店に入るとがっかりすることも多い。頼りにしていた「梅蘭」はお昼休み中の最中で、私は途方に暮れた。

暑いなか、何度も人のあいだを行き来して、結局小籠包の看板の出ていたお店に決める。単品の醬油ラーメンと、普通の小籠包より400円高いトリュフ入り小籠包を注文した。印税が振り込まれた私は気が大きくなっていた。運ばれてきた小籠包は皮がカチカチで、齧ってみても、ひとかけらのトリュフも入っていなかった。腹が立って、次々口に放り込んでなかったことにした。醬油ラーメンは普通。普通以外の何物でもない。途中から飽きて大量の酢を入れ、ごまかしながら完食した。２０００円を超えた会計をぶっきらぼうな店員に支払いながら、私は自分がまた店選びでしくじったことに苛立った。また、つまらぬもので満腹になってしまった——。五右衛門のような険しい顔をしながら店を出て、重たいお腹を揺らしながらトボトボとＴＡＫＥＭＩへ戻った。

ＴＡＫＥＭＩに戻ると、私が座っていた席に見知らぬおばさんが座っており、井戸端会議は三つ巴になっていた。どうやら近所の常連客のようだ。「あらごめんなさいねぇー」と席を立とうとするおばさんを制止して、私はママの隣に腰かけた。さっきまで、ちいさい頃にそうしていたように、おばさんたちの騒がしい会話を静かに聞いていたが、食事に失敗したイライラがおさまらず、私はどうしても誰かに文句を言いたくなっていた。ママの「なに食べてきたの」という質問を待っていたかのように、私は腹に力を入れ、大きな声で「小籠包にトリュフが入っていなかった。おいしくなかった」と不満を爆発させた。突然大きな声を出した私に、ママはとくに驚くこともなく、すかさず合いの手を入れるように「アイゴヤ！」と言った。え、ママ、韓国人だったの？　私は、ネイティブの「アイゴヤ」が聞けたことの感動で、怒りをすっかり忘れてしまった。「今度おいしい小籠包買ってあげるから！　お家で蒸してもらいな！」と、肩をバシバシ叩きながら言うママに、ニコニコと頷く私。アイゴヤ、なんて良いリアクションなんだ。

くさい

去年の誕生日、ハンドクリームを頂いた。「ヒノキの香り」と書いてあって、つけてみると、まるでスケベなくせにストイックを装い、生成り色のセットアップを着て丸眼鏡をかけている都会の男のような匂いがした。そういう男の家にはたぶん無印良品の歯ブラシ立てがあるし、おそらくバルミューダのポットもある。ゴチャゴチャ言ってしまったが、私はこのお香のような香りがかなり好きだ。ブランドの服やアクセサリーみたいに「思い切って買う」というほどの値段ではないが、ハンドクリームにしては少し贅沢な品。こういう香りを纏わせているだけで、都会では「余裕のある人」のフリをすることができる。こういう絶妙なプレゼントはありがたい。飲食店のアルバイトがない日に、少しずつ手にとって大切に使うことにした。

夜、冬のホームで電車を待っているとき、ふと自分の手を見ると枯れ木のように乾燥していた。褐色の肌にとって〝乾燥〟というものは大敵である。白い肌ではそれほど目立たないようなカサカサと粉を吹く箇所が、異様に目立ってひどくみすぼらしい。私はひとりで握手をするようにその手を覆い隠したが、しばらくして、自分があのハンドクリームを持っていることを思い出した。少し多くとってしまったハンドクリームを腕や首まであちこち塗り広げると、ヒノキの香りに包まれて心が安らいだ。

駅に到着した電車はガラガラで、私は焦らず端の席に腰かける。ふたつほど駅に止まり、大きな街の駅に着く。若い男がふたりで乗ってきた。ふたりはおそらく私よりも若く、髪色や服装も派手だった。大声で話しているのははたして酔っているからなのか、それとも、もともとそういう話し方なのか、顔色がわかるほどまじまじとは見ていなかったのでわからない。ふたりは私の隣に座り、しばらく騒がしい会話を続けていたが、突然、そのうちひとりが一層大きな声で「てか、お前香水くせぇよ!」と叫んだ。彼は私に向かって怒鳴ったというわけではなく、友人に向かってそう言ったのだが、私はこの時点で、彼が反応しているのは香水の匂いなどではなく、私のハンドクリームであると察した。この若者たちからは香水の匂いなんてしないし、私自身も、つけすぎたハンドクリームが主張激しくにおっていることに気がついていた。私は内心急に回答を求められた学生のように取り乱したが、かといって「すいません、くさいの私です」と出頭するわけにもいかず、またひとりで握手をするようにしっとりとした手を覆い隠して縮こまった。なんとかうやむやになってほしいと願ったが、ふたりの会話は無情にも続く。

「は? 俺じゃねぇよ、香水つけてねぇし」

「うそ? なんかめっちゃくさいんだけど」

「ちがうちがう……隣の人……」
「あっ……やべ……すいません……」

最悪だ。大声でくさいと言わせたうえに、こんなツンツン髪のやんちゃ坊主たちに気を遣わせてしまった。私はしばらくうつむいていたが、もはやここにいること自体が迷惑と思い、静かに立って車両を去ったのだった。厳かな寺のように感じていたヒノキの香りが、自分の中で突然制汗剤の匂いがキツい外国人のイメージに変わり、私はそのハンドクリームを使うのをためらうようになった。

私の人生は、いつも「くさい」という言葉に付きまとわれている。幼稚園児のとき、キャミソールを着て公園で遊び回っていた私を母が呼び止めた。母は私の服を嗅いで、しかめっ面《つら》で「くさい」と言った。それから母は私に制汗剤を塗るようになった。その頃はまだ自分がくさいかどうかなんてわからなかったけど、中学生になって流行りの服を買ったとき、シアー素材のシャツから変なにおいがした。私の体臭は化学繊維と相性が悪いようで、ポリエステルでできた服は冬にしか着られなくなった。ネットの掲示板で「黒人のハーフ」と自己紹介すると、真っ先につくコメントは決まって「ワキガ」だった。私はくさいんだ。くさいと思われたくない。不意に抱き着いてくる背の低い女の子が恐ろしかった。

あのとき母に言われて以来、面と向かって「くさい」と言われたことはいちどもない。それでも、香水をほとんどつけなかったのは「くさいガイジン」と思われたくなかったからである。みんなが何気なく使っている香りも、私の肌の上にのせた途端「ガイジンの匂い」になるような気がして怖い。長いあいだ誰にも言えず悩んでいたが、ハーフの友人たちがあっけらかんと「今私くさいよね～ごめんね～」と言っているのを聞いて少し気が楽になり、私も仲のいい人や恋人には、自分が今におっているかどうか思い切って聞けるようになった。しかし、相手の答えは「なにもわからない。

くさいと感じたことがない」というものだった。気を遣われているのかとも思ったが、私も私で、体臭を気にしている友人に確認を求められたときは「なにもわからない」のだ。本当に無臭。いったいなにを気にしているのか、思い込みなんじゃないかと思う。それじゃあ、私たちが自らに感じているこの悪臭は何なのだ。父から体臭を感じたこともいちどもなかった。その話を母にすると「パパは全然くさくないの。不思議だよねぇ」とのんきに言う。じゃあ、どうして私はくさいのだ。私だけが、突然変異的にくさいというのか。この世界で、私だけがくさいのか。

もしかすると、私の鼻にこびりついているのは、母に「くさい」と言われた記憶そのものなのかもしれない。たかがハンドクリームをつけすぎたくらいで、あれこれ考えてしまった。それでも良い香りを諦められず、流行りの店で高い香水を買った。あまりにウッディで、真夏の汗ばんだ肌との相性は最悪だ。くさい。

あんたみたいな

今日も昼過ぎに起きて、祖母が茹《ゆ》でたうどんを食べていた。溜まっていた大河ドラマの続きを見ながら食べたかったのに、祖母がやたらと話しかけてくるので、私は途中でドラマを止めて適当に相槌を打つことにした。

「おとといは何の用があって大阪まで行ったのか」と聞かれたので、私は短く「モデルの仕事」と返事をした。祖母はふーんというような返事をしたあと、それと変わらないままの声の調子で「まあ、いちいち一流のモデルなんて使えないから、あんたみたいなのも使うんだろうね、会社も」と言った。

私は祖母に聞こえない小さな声で「すごい酷いこと言うじゃん」と床に向かって溢したあと、じわじわと自分が本当に傷ついたことを自覚し始めた。まるで頭を打ってしばらくしてから頭痛が起きたようにショックが広がり、口には出さないまま、そしてうどんを口に運び続けるまま、頭のなかで「え？　私は一流じゃないってこと？」「あんたみたいな？」「あんたみたいなってどういうこと？」と、静かに激しく動揺した。祖母はなんでもなかったように話を続けている。私の身体もそれまで通り相槌を続けている。私がきちんと返事をせずに適当に済ませていたから、わざと癪に障るようにそんなことを言ったのかとも考えたが、祖母は本当に悪気なく言ったように見えた。

祖母が持っている言葉の手札は私に比べてとても少ない。幼い頃から奉公に出ていたから、祖母は文字を読み書きする機会に恵まれなかった。だからときどき、私からするととんでもない言葉の選び方をすることがある。今の発言も、きっとなにか別の真意があって、それをうまく言い表せないだけだとも受け止めることもできそうだった。祖母が言う「一流モデル」というのはたぶん、テレビに出ていて世間に名の知られている〝富永愛〟とかを指していて、実際のモデル技術に基づいた判断ではなく（富永愛は実際有名かつ超一流だが）単純な知名度で「一流」か「あんたみたいなの」を比べているのだろうと想像できた。しかしそれでも、私はあまりに突然頭を殴られたので身構えることもできなかった。最近気がついたことだが、私はパニックになると口角が上がるらしい。不自然にニコニコと微笑みながらうどんを完食して、完全に頭がフリーズしたまま「ごちそうさまでした」と言い、足を引きずりながら2階の自室へと退散した。

部屋の扉を閉め、狭い部屋のなかをぐるぐる歩き回る。悔しい思いがして窓の外をジッと見てみたけど、涙が出るほど心に荒波が立っているというわけでもないようだった。少し前の私なら「どうしてそんなこと言うんだ」とかなんとか怒鳴って、流しに食器をがしゃんと置いてドタドタと階段を上がり、部屋の扉をバンと閉め、それから情けなく声を出して泣くといったところだっただろう。

しかし最近は、祖母になにを言われても腹が立たない。それに気づいてから、どうしてなのかと自分なりに考えていた。それはたぶん、ある程度やってきたことの成果が出始めたからだと思う。今までは、自分でもなにがしたいかわからない状態で、結果も出るかどうかわからないところに「まともに就職しないと」「騙《だま》されているんじゃないか」「怪しい仕事」などと毎日のように言われては小さな喧嘩のようになっていた。私と祖母の時間の進み方は同じではないようで、数日仕事がないだけで「もうやめたのか」と言われることも嫌だった。たぶん、家にも大してお金を入れられず、月末になると数万円を祖母に借りなければならない自分にも腹が立っていたのだと思う。

そう考えると、最近の私の心を穏やかにしているものはやはり「お金」としか言いようがない。稼ぐお金自体が人並みに大きくなったからでもあり、自分が悩みながら作ったものには少なくとも人が買ってくれるほどの価値があると、私はたくさんの人に教えてもらえたのだ。だから、家でなにを言われても、不安になって暴発することがなくなった。このまま頑張っていればきっと、祖父に趣味の写真を続けるためのお小遣いを渡すことができる。高いからとやめた新聞の購読も再開できて、祖母も学校で習えなかった文字を勉強できる。補聴器も新調してあげられるかもしれない。家の腐った床も、全部、全部、この家の問題は全部、私がなんとかできるかもしれない。そう思い始めていたところだった。

たしかに、私は一流のモデルじゃない。前に働いていたガールズバーの店長が「バーテンというのは二流のバーテンダーに対する呼び方だ」と教えてくれた。私は体形管理もしてないし、ポージングもウォーキングもロクに勉強してないし、なんなら「そろそろモデルはやめようかな」なんて思っている。一流のモデルから言わせれば、私なんて〝モーテン〟とか、そんなもんだろう。それでも日々オーディションに参加して、大概は落とされて、たまに選ばれて、お金を頂いて自分なりに期待された以上のことをしようと努めている。ようやく採用された大手のアパレルのCMが放映され、ウキウキしながらYouTubeで見た。2日かかった撮影で、2秒しか映っていなかった。そういうもんだ。それでも、仕事があるのは嬉しい。

一流ではない。それは自分がいちばんよくわかっているのだから、祖母には「すごいね」とひとことでも言ってほしかった。そこまで望まないとしても「よかったね」くらい言ってほしかった。ただ現状を一緒に喜んでほしいだけなのに、それを「あんたみたいな」と言われたことがとても悲しかった。私はただ悲しくて、暗い部屋でそのことを反芻《はんすう》しては座ったまま体力を減らし続け、そして力なく横たわった。いつのまにか、夜になっていた。

絶句

人に面と向かって暴言を吐かれたことがない。唯一思い出せるのは、祖母に手を引かれて広い道路の片側を歩いていたときの記憶。たぶん、小学生にもなっていなかったと思う。川のそばで、空は気持ちよく晴れていた道の途中、反対側にいた小学生男子の集団のなかのひとりが、私を一瞥して「外国人だ。気持ち悪りぃ」と叫びながら走っていった。心地よい風が吹く午後だった。

きっとこれから、なんどもこんなことがあるのだろうと、私は迎えに来た車のなかでめそめそ泣きながら考えていたのだが、大人になっても、それ以来そういうことは起きなかった。

中学生のとき、お調子者の関山くんが投げた消しゴムのカスが私の頬を掠《かす》めた。わざとではないのは解っていたが、騒がしさに苛立っていた私は関山くんのほうを振り返ってギロリと睨んでしまった。関山くんは車に轢《ひ》かれかけたような驚いた顔をして、私に「ごめんなさい」と言った。授業が終わって教室を出ると、廊下の隅には男子生徒が固まっており、その中心にはおびえた目をして縮こまった関山くんがいた。私が前を通り過ぎると、関山くんを囲む男子はまるでイワシの群れのようにぎゅっと固まり、私の視線から関山くんを守ろうとした。きっと、私の目には父によく似た殺意が宿っていたのだろう。そのあまりの怯えようを見て申し訳なくなった私は、人に接するときはなるべく温和に、物腰柔らかく接するよう努めるようになった。

たぶん私は真顔で立っているだけで怖い。威圧的な恐怖というより、それは見慣れないものに遭遇したときの警戒である。そんなものが睨みをきかせてぶてぶてしく歩こうものなら友好的な交流の機会は減り、私にとってもきっと良いことはないだろう。私はできるだけ、機嫌が良さそうに歩いて、申し訳なさそうに人に話しかける。間が持たないとヘラヘラと笑う癖もある。それでも私は面と向かって馬鹿にされたことがない。馬鹿にされたことが解っていないこともあるかもしれないが、それはそれでおめでたく、精神的には悪くない。私は自分の知らないうちに、気安く侮辱することを許さない佇《たたず》まいのようなものを手に入れたのだと思う。人ごみのなかでも、私に突進してくる〝ぶつかりおじさん〟なる男はいない。

「女はなめられる」とあちこちで聞く。ネットにも信じられないような酷い話が溢《あふ》れているが、周りがそういう話をするとき、いつも私は少し遠くで話を聞いているような感覚になる。〝女〟である前に〝異物〟として生きていた私にとって、この「女の生きづらさ」というものは、どうもいまいち感触がつかめないまま、ここまで来てしまったもののような気がしている。〝女のクセに〟と言われたこともないし、〝女だから〟という文言から話を始められたこともない。女というカテゴリーから見ると、私は良くも悪くも特別に扱われてきた。やってきたことは全部自分の責任になったし、全部自分の手柄にもなった。一部の物好きを除いては、私のことをブスとも美人とも判断せずガイジンと認識するし、イエベともブルべとも考えず黒人と見る。だから私はモテない。恋愛市場のテントの上に、非売品の風船のように浮遊しているようである。あれが欲しいという人はなかなかいない。ほとんどの人が、私をただの鑑賞物として認識する。

数日前のこと、女友達と待ち合わせをした。待ち合わせ場所にやってきた彼女は、顔を真っ赤にしてボロボロと涙を流していた。私がどうしたのかと問うよりも先に、私が知るなかで最も愛らしい顔のひとりであるその子は、私に訴えるようにこう言った。

「豚女って言われた」

絶句。私がこれまでの人生で音声として聞いた言葉のなかで最も醜悪なのではないかと思った。そんな言葉を、彼女は見ず知らずの老人に突然浴びせられたという。どこか違う世界の話かと思った。それだけ言って、彼女は人目もはばからず声を出して泣いた。違う世界の話だと信じたかった。なんと言葉を掛けていいか、ひとつも思い浮かばなかった。私は彼女を引き寄せ、ぎゅっと抱きしめ、背の低い彼女の頭に頬ずりをした。これまで散々頼ってきた言葉というものを、私は早々に役立たずと察して放り投げた。とにかく、彼女を世界から隠さなければならないと思った。かろうじて絞り出した「大丈夫」という言葉を何度も繰り返す。大丈夫なんかじゃない。私が代わりに言われていたら、どれだけマシだっただろう。でも私はそうは言われないのだ。私は多くの人にとって女ではないから。ガイジンだのくろんぼだのと言われたとしても、豚女とは言われないのだ。代わってあげられない。私は女の盾になる言葉を知らない。彼女を抱きしめながら、渋谷でこころに抱きしめられていた自分のことを思い出す。こころもこんな気持ちだったんだろうか。私もこんな、彼女のようなロマンティックな芸当ができることに感心しつつ、だんだんと気恥ずかしさが押し寄せた。

あの日、おばあちゃんは泣いている私になんて言ったっけ。たしか「おばあちゃんがぶっ飛ばしてやる」みたいなことを言っていた。私はそれを言われて嬉しかったっけ。嬉しかっただろうけど、私が暴言を吐かれた事実を変えることはできなかった。どんな言葉を掛けても、おばあちゃんは私の、私はその子の傷を代わってあげられなかった。その子と別れて家に帰ったあと、LINEで「抱きしめたとき胁くさかったらごめん」と連絡した。代わってあげられない。せめて笑ってほしい。

愛しの津軽

車で横浜の自宅を早朝の4時に出発し、昼過ぎに十和田に到着した。湖のほとりの古めかしく大きなホテルの案内人の説明を聞きながら、私は今年もまた津軽にやってきたことを実感した。

私は祖父と祖母とで、年にいちど祖母の故郷を訪れる。とは言っても、私がこの旅のメンバーとして加わったのはつい1年前からのことだ。新幹線のほうが速いしかえって安上がりだと駄々をこねる私に、祖父母は「荷物が多いから」と、お土産の鳩サブレーやドライマンゴーをせっせと買い揃えながら言う。向こうに鳩サブレーを嚙めるほど歯が残っている親戚はもういないのに、どうしてそう噛みにくそうなものばかり持っていくのか。

十和田の景色をインスタグラムのストーリーに載せると、数分後に大川くんからリアクションがとんできた。

「十和田いるの？　俺、青森だけど笑」

大川くんは、中学の同級生である。入学して数か月経った頃に、彼は青森からの転校生として私たちの学校へやってきた。私はなぜか、大川くんのことを好きになってしまった。彼は中学生とは思えないようながっしりとした体つきで、肌が抜けるように白く、昔のヤンキー映画に出てくる「ツッパリ」のような髪形をしていた。私は彼のどこが気に入ったのだろうか、自分でもよくわからないが「転校生」という物珍しさがあったのは事実だ。それに、祖母の故郷から来たというのを知って、祖母に「大川くんって人がね、青森の人でね」としきりに話しているうち、頭が勝手に恋だと勘違いしてしまったのだと思う。彼がいたのは隣のクラスで、私は大川くんのことをなにも知らなかったし、卒業するまで数えるほどしか話したことがなかった。大川くんの姿を見ると緊張しすぎて体調が悪くなってしまうので、大川くんがいるクラスの友達にも会いに行くことができなかった。そんな相手の顔をまともに見ることも当然できなかったので、私は中学の3年間あんなに好きだった大川くんの顔を、今となってはほとんど思い出すことができない。

大川くんはどうやら地元に戻って暮らしているようだ。卒業式の前日、私がありったけの勇気を振り絞って送った「好きです」というメールに、ものの数分で「ごめんなさい」と返信してきたくせに、今さら一体何の用だろう。私はインスタグラムにお尻の写真を載せたりしているが、ほいほい会いに行くほど軽い女じゃないんだから。

私の自意識過剰な警戒をよそに、大川くんとのたわいもないやり取りは、4往復ほどで終了した。私は勝手に「大川くんはホタテ漁師になった」と思い込んでいたが、ホタテ漁師ではないらしかった。

十和田に一泊して、次の日は曽祖母の弟に会いに行った。曽祖母はもう20年ほど前に亡くなっているが、弟のミツオおじさんはまだ健在だ。白内障が悪化して、今年からはもうほとんどなにも見えていないらしかったが、私たちの声が聞こえると笑顔で出迎えてくれた。

ミツオおじさんの話し方は、私が幼い頃に聞いていた曽祖母の話し方そのものだ。歯がないせいもあって、ただでさえわからない津軽弁が全く聞いたことのない言語に聞こえてくる。ミツオおじさんが去年から頭を悩ませているのは、畑の相続についてのいざこざである。先祖代々の畑を、義理の姉が勝手に売り払おうとしているらしい。

ミツオおじさんは去年と同じく、棚の上から家系図を引っ張り出して私たちに主張をはじめた。このパーティのなかで津軽弁を完全に理解することができるのは祖母のみである。しかし致命的なことに祖母の耳は年々遠くなっていて、ミツオおじさんのかすれた声を聞き取ることが難しくなっていた。それゆえに、音声としてこの主張を聞くことができるのは私と祖父ということになるが、私たちは津軽弁の理解が完全ではない。祖父が6割、私が4割といったところだろうか。ちなみに私がなぜ少しは理解できているかというと、それは決して身内の影響などではなく、中学時代に大川くんとなんとか話がしたいがために、ニコニコ動画で津軽弁の動画を見漁《あさ》った努力の結晶である。そんなことをしている暇があったら漢検の勉強をしろ。私たちは力を合わせて「畑を売るなら米を寄越せ」という主張を聞き取った。

青森の魚市場へ行くと、たくさんの話し声が耳に入る。聞こえてくる語尾の伸びた言葉の流れは、まだたくさんの親戚たちが元気だった頃、家のなかで賑やかに交わされていたそれだった。話せないのに、ずっと私のそばにあった津軽の言葉。愛おしくて、近づけない言葉。私もまねして口に出したくなるけれど、そんなことをしても私はここの人間になることはできない。中途半端な真似事は、かえって不快にさせてしまうだけである。私は津軽弁に標準語で淡々と返事をする。ルーツがあっても結局はよそ者だと、言葉を交わすたび少し寂しくなった。

仕事の都合で、祖父母を置いて一足先に新幹線で横浜へ帰る。家に帰って曽祖母の仏壇の前に立ち、おりんを鳴らした。他に誰もいない部屋で、改めて誰も聞いていないことを確かめてから仏壇に向かい、私は下手くそな津軽弁で小さく話したのだった。

同じ名前

名刺を渡すと「芸名ですよね？」と聞かれることがときどきある。そのたびに私は「芸名でこんな名前つけませんよ」と答えるのだが「こんな名前」と表現することにべつに深い意味はない。きちんと答えるとすれば「自分で芸名をつけるとしたら、わざわざこんなツッコまれそうな名前つけないし、そもそも亜細亜の亜に平和の和で亜和なんて名前、私には思いつきません」といったところだろうか。大学生ではじめて水商売というものに足を踏み入れ、それから自分で新たに名前を考える機会は何度かあったのだが、結局私はそのほとんどを本名でやり通した。最初に私につけられたこの「亜和」という名前は、あまりにも深く私のアイデンティティと結びついている。

名前は私の「私は唯一無二である」という自意識の大きな支えになっているし、実際、この国で同じ名前の人間には今まで出会ったことがなかった。だから、たとえ別の名前をつけたとしても、私はそれを演じきれる自信がなく、少しは考えてみるものの結局は「本名で」ということになった。

私は人の名前の由来を想像するのが好きだ。響きや漢字から、その人がどんな願いを込めて育てられてきたのか、そしてそれがその人の生き方にどう表れているのか勝手につなぎ合わせて楽しんだりしている。この名前の人はこういう性格だとか、こういう話し方をする人が多いだとか、偏見も甚だしいことは承知していても、考えずにはいられないのだ。そして、自ら作ったその分析の地点から一歩離れて他人を眺めることができる自分の名前は、私にある種の優越感のようなものを抱かせてくれるものだった。同じ名前の同級生も有名人もいない。誰とも共有していない私の名前。足跡のついていない雪原の上を、私は好きなように走ったり寝転んだりした。私に協調性が備わっていないのには、少なからず名前が影響しているように思える。世の中に自分と同じ名前の人物がいるというのは、一体どんな感覚なんだろう。ちいさい頃からずっと疑問だった。

ある日、いつものようにエゴサーチをしていると、検索結果の中に見慣れないアイコンを発見した。

「はじめまして！　亜和です♪」

なんだこいつは。自己紹介とともに載せられた写真には、長い栗色の髪をした尋常でない美少女が写っている。プロフィールにはただ一言「はじめてみました！」の文字。写真の美少女は、嘘のように滑らかな髪と整った顔をしていた。あまりに現実離れしたかわいらしさに、私の思考回路は彼女を即座に「ＡＩ画像」と判断した。最近はこういうアカウントが増えているな。どうやら新人撮影会モデルという設定らしい。よくできているが、綺麗すぎて現実味がない。まあ、一定数騙される人はいるだろうが、こんな美人がこれまでSNSをやっていないなんてありえない。少し考えれば、そんなことわかるだろうに。それにしてもどうして亜和なんて名前にしたのだろう。タイムラインでたまたま私を見た人物が適当に名づけでもしたのだろうか。

私はだいたいこんなことを考えて、とくに気にも留めずエゴサーチを続けた。もうひとりの亜和はそれから毎日投稿をはじめた。しかし最近のＡＩは本当にすごい、動画でもこんなに自然に動くのか。もうひとりの亜和には少しずつファンがつきはじめ、そのリプライは私のエゴサーチを困難なものにしていった。全く、こんなＡＩに一生懸命リプライを送ったってなんにもならないというのに、哀れな連中だ。

数か月経ってもうひとりの亜和は相変わらず投稿を続け、彼女のフォロワーは急速に増加の一途を辿っていた。彼女が「おはよう」と呟くだけで画面は熱烈なファンからのリプライで埋め尽くされ、私はその中から自分が話題に上がっている投稿をかろうじて見つけ出し、まるで小銭でも拾い集めるように探す他なくなっていた。だがこいつはしょせんAI。いくらネットで人気を集めたとしても、ディスプレイから出てこないかぎりは私の敵ではない。

しかしある日、亜和のファンと思しきアカウントが、亜和とのツーショットチェキを投稿しているのが目に入った。そう、亜和は実在していた。まさか。私だけの雪原に、突然妖精のごとく美しい少女が現れ、華麗にスノーボードに乗って舞い踊っているではないか。私と同じ名前の人間がいた。いったい今までどこに隠れていたんだ。亜和は私の存在に気づいているのだろうか。今まで一方的に覗き込んでると思っていた深淵が、こちらを覗き返していることを想像し、私は急に恥ずかしくなった。嬉しくはない。嬉しくはないけれど、この気持ちはなんだろうか。私はますます熱心に亜和を見た。彼女のなにもかも完璧なようすは、同じ名前の人間が同じ生き方をしないということを私に思い知らせた。彼女の名前にはどんな願いがあるのだろうか。

亜和はSNS開設から1年と経たず、有名雑誌のグラビアページに登場したようだ。当然だ。うちの亜和はこんなものではない。がんばれ亜和ちゃんと、私は勝手にエールを送るのだった。

地頭が良い

私は「頭の良い人」が好きだ。「頭が良い人」の定義について、最近の世の中、とくに私が活動拠点としているSNSでは、さまざまな議論が飛び交っている場面をよく見かける。今流行っているのは「地頭」というやつだ。勉強ができるうんぬんではなく、あらゆる場面に適した立ち回りや、筋道を立ててなにかを論ずるということが、とくに訓練したわけでもなくできる人のこと。「地頭」という言葉の便利な点は、それを評価する際にこれといった資格や証明のようなものが必要ないことだ。

人が誰かを「地頭が良い人」と評価するとき、その根拠はそれを評価した個人の感性に大概ゆだねられていて、誰かが誰かを「地頭が良い」と評価したとき、それを証明する確固たる事実はほとんどない。それゆえ、それを否定する余地も残されてはおらず「地頭が良い」と誰かが言ってしまえば、周囲の人も「あの人は地頭が良いのか」と、なんとなく評価することになる。だから「地頭が良い」というのは、結構言ったもん勝ちで、言われたもん勝ちなのではないかと私は思う。似たような言葉に「頭の回転がはやい」なんていうのもあるが、最近ではこの辺りが「本当に頭が良い人」というくくりで圧倒的な支持を獲得しているように見える。

ところで、私の好きな「頭の良い人」はどういう人なのかというと、それは単純に「勉強が得意な人」である。私は「こんなこと勉強してなんの役に立つんですかー？」と生意気な小学生が小馬鹿にしそうな学問を一心不乱にやってきたような人が堪らなく好きなのだ。私のなかで「勉強ができる人」というのは最上級に尊い存在で、そういう人が「東大出てても仕事はできない」などと嘲笑されているのを見かけると、私は東大出身でもないくせに勝手に腹を立ててしまう。

いつからこうなったのかはわからないが、まず私自身はとにかく勉強ができない。机の前でジッとして読んだり書いたりする習慣が今の今まで身についていない。原稿だって、今もこうしてベッドの上で寝そべってダラダラと書いているし、飽きたらこのまま眠ってしまうだろう。大学受験のときも、結局表紙のオシャレな参考書を買うだけ買って、机に並べて、それで終わった。勉強の方法がてんでわからない。学校以外で机に座ったのなんて、大人になってから受検した日本語検定くらいだと思う。こんな調子で一応大学まで出られたのだから、それこそ「地頭が良い」と誰かに言われてしまうかもしれない。でも、たぶん私は本当に頭が良くない。自分でもやっとわかってきたのだ。自分がなにも考えていないのが。

小学4年生の頃、私は4年2組の教室で算数の授業を受けていた。担任は横田先生。

横田真理子先生。大学を出たばかりの若い先生だった。私はいつものように教室の斜め上あたりをボーっと見つめていた。たぶんいつものようにくだらない妄想でもしていたのだろう。横田先生はそんな私を突然指名して、18＋2の答えを聞いた。私は答えられなかった。周囲の「え？」という声とクスクスという笑い声が今も忘れられない。私は恥ずかしくて授業が終わるまで机に突っ伏しめそめそと泣いた。横田先生は私の背中を撫でて慰め、謝ってくれた。先生はなにも悪くない。悪いのは授業も聞かず宙を見つめていた私だ。

私はそれ以来、算数が大嫌いになった。単位制の総合高校に入学し、数字とは完全に決別した。化学も嫌い、物理も嫌い、歴史も地理も嫌い。国語はちょっと好き。しかし私はどうにかして「頭が良い」と思われたかった。だから実際に頭を良くする努力はせずに、頭が良さそうな受け答えを覚え、頭が良さそうな表情を作ることに専念することにした。そして、本当に頭が良い人に「あわちゃんは頭が良い」とお墨付きを貰うことで、自分も「頭が良い人」の仲間に入れてもらおうと考えた。

23歳の頃付き合っていた人は頭の良い人だった。彼はまさに私の理想の「勉強ができる人」だった。付き合って間もないある日、彼は彼の友人に向かって、私のことを「こんなに頭の良い人はいない」と紹介した。私の思惑はついに達成された。心のなかではガッツポーズをして舞い上がったものの、私の顔はそれを決して表には出さず、相変わらず伏し目がちにうっすらと微笑んで「困ったな」という表情を演出した。彼は誰が見ても明らかに私にデレデレだった。彼が私を頭が良いと勘違いしたのは、恋心が起こした誤作動のひとつに過ぎないのだろう。私はそんなことにも気づかないまま、どっぷりと優越感に浸った。そうか、私はやっぱり地頭が良いのか。勉強はできなくても、私は頭の回転がはやいのか。そんな私の哀れな勘違いは、数か月前にＩＱテストで80台前半を叩き出すまでのあいだ、数年間続くことになった。

私が最近になって「地頭が良い」という言葉にうっすらと嫌悪感を抱いているのは、他でもなく自分自身のことを「地頭が良い」と勘違いしていたからだ。地頭という言葉は一体、どれほどたくさんの人のなけなしのプライドを支えているのか。自分の頭が大したものではないと知ってしまった今でも、あの日彼から言われた言葉をときどき思い出して、私はなんとかすまし顔を作るのだ。だいじょうぶ、私は地頭が良い。

スープカレー屋

今日は渋谷で仕事があった。昼過ぎに仕事を終え、遅めの昼食のことを考える。道玄坂を上ったところにあるリンガーハットをなんとなく目指して歩いていたが、その途中でふと、昔行ったスープカレーの店のことを思い出した。たしかこの辺りだったはずだ。心当たりの場所をしばし行ったり来たりしてみたが、私が記憶していたその場所に店はない。閉店してしまったのかと思い、スマートフォンのマップで調べてみると、店は以前あった場所から少し歩いたところに移転したようだった。マップの指示通りに路地に入ると、記憶にあった店名の書かれたオレンジ色の看板が真新しく光っていた。

階段を下って地下のドアを開くと、前の店より少し手狭になったように見える店のテーブルに中年の女性と若い男性が向かい合って座っていた。食事をしているようには見受けられず、ふたりとも入ってきた私を見て「あっ」と気まずそうな顔をした。この感じはたぶん、従業員の面接かなにかだろう。もしや営業時間外だったか、と私も入りかけた体を少し引っ込めたが、キッチンにいたもうひとりの男性が「こちらへどうぞー」とカウンターの席へ案内してくれたので、軽く会釈をしてその席に腰を下ろした。

他に客はいない。注文したチキンスープカレーが煮込まれるグツグツした音と一緒に、テーブルのふたりの会話が耳に入ってきた。どうやら女性は店の経営者らしく、男性のほうが働くにあたっての説明を受けているらしい。男性はまだ日本に来てまもないといったふうで、ところどころ女性の言った日本語の意味を聞き返していた。キッチンにいた男性も、あとから来たもうひとりの男性店員と、少なくとも英語ではない言語で早口で話している。彼らはどこから来たのだろうか。カレー屋だからやはりインドだろうか。いや、インドカレー屋の従業員はじつは大概ネパールから来ていると聞いたことがある。もしかするとどちらでもないかもしれない。キッチンのふたりは同じ言語で話しているのだから、少なくとも同じ国から来たのだろう。今テーブルで不慣れな日本語で一生懸命返事をしている男性も、やはり仲間たちを頼ってここに来たのかもしれない。女性の「日本にはずっといるつもり?」という質問に、男性は「はい、長くいるつもりです」と返事をした。

カウンターの向こうから、注文していたマンゴーラッシーが来た。酸味があってとても美味しい。一口飲んでは、声を出さずに口を「おいしーー」と動かして大げさに身体をくねらせてみた。たぶん誰も見ていない。

面接がおわって男性が店を出ていったあと、待ちに待ったスープカレーが、やはりカウンターの向こうから手渡された。お椀の上を持って受け取ろうとすると、キッチンの男性は「熱いですよ。熱い。下のほう持ってください」とお椀の底を指でコツコツと叩いた。私は熱いものを持つのが得意だ。実際、今お椀の上のほうを両手で持っていてもなんともない。「大丈夫。熱くない」と言ってみても男性は手を離してくれなかったので、言われたとおりにお椀の底を持って受け取ることにした。

以前食べたときの味がどんなものかはもう忘れてしまったが、久しぶりに食べたその店のスープカレーは塩気がよくきいていてとてもおいしかった。昔からの癖で、苦手な野菜から片づけをするように食べ始めたが、その野菜たちもほくほくとしていておいしい。着ていた白いシャツに早々にシミがついても、今はそんなことは瑣末なことと、私は夢中でスープカレーを啜《すす》った。

半分ほど食べたところで、店にはもうひとり客が入ってきた。髪の長い、太い眉毛を生やした若くて凜々しい女性だった。注文を取りに来た男性に辛さの加減を聞かれたその女性は

「どうしよっかな、辛くないほうがいいな、1辛にしようかな？　どうかな？　2にしても大丈夫かな？　どう思う？　やっぱ1にしようかな。1にする！　ありがとう～」

とやたら明るく口をきいた。

それから続けて

「あっ、ごめんね、スマホ充電できる？　ごめんねー！　できそう？　ありがとう！」

と大きな声で話した。すがすがしいほどのタメ口。私はチキンの骨にかぶりつきながら少々苛立った。

この人は誰にでもこんな口のきき方をするのだろうか。それとも、相手が外国人だからこんなふうに話しているのだろうか。店員さんもタメ口ならまだしも、こんな一方的なタメ口が許されるのだろうか。これは、タクシーに乗ってきた若い女性にタメ口で話す男性ドライバーと同じ態度ではないだろうか。そう考えるのと同時に、私は自分自身がした先ほどのやり取りを思い返した。あ、私もタメ口きいたかもしれない。どうして私は、私たちは、彼らにタメ口をきいてしまうのだろう。

片言の完全ではない日本語を話す相手を前にしたとき、私たちはおそらく子供と話しているような感覚になってしまうのかもしれない。相手にわかりやすいように、親しみやすいようにと無意識に考え、また相手を一種の愛らしいキャラクターのように認識してしまった結果、私たちは敬語を使わないという選択をとってしまった。しかし、それは正しいことなのだろうか。彼らは私たちに敬語で接するし、この程度の日常会話ができるレベルなら、自分が相手からどんな接し方をされているのかはきっとわかっているはずだ。私たちは大人同士であり、同じ立場の人間だ。当たり前のことを思い出して、私はしみじみと反省しつつスープカレーを飲み干した。帰り際、私は彼らに聞こえるように何度も「ごちそうさまでした」と言い、店を後にした。

無口な客

バニーガールという仕事をはじめて、今年で10年になる。高校生の頃、私はほとんど誰とも話さず学生時代を過ごした。生徒の7割が女子を占める高校に入学した私は、同級生たちのみずみずしい熱気に気圧されて、早々に馴染むことを諦めてしまったらしい。本当は女子高生らしく、箸が転がっただけできゃあきゃあと騒ぎたかったくせに、輪に入る勇気がなかった私は「あんなくだらない奴らと同類にはなるまい」と、口を一文字に閉ざしてしまった。帰りの電車のなか、こわばった唇をやっと開いて大きなため息をつく。高校での3年間は、これまでの人生で、今のところは最も暗い記憶である。

高校を卒業してなんとか都内の大学に進学した私は、真っ先に水商売の求人を漁った。お金をたくさん稼ぎたいという気持ちももちろんあったが、いちばんの動機は「人と話す訓練をするため」だった。この東京という新天地で、絶対に生まれ変わってみせると私は心に決めていた。キャバクラやラウンジの面接にことごとく落ち、やはりだめかと諦めかけたとき、恵比寿のガールズバーであっさり採用された。ちょうどコスチュームがバドスーツからバニースーツに切り替わったばかりのこの店で、私はそれから7年近く勤務することになる。

普通の格好をしていてもロクに人と話せないのに、いきなりきわどいハイレグ姿で不特定多数の人間と楽しい会話などできるだろうか。思い返すと我ながら無茶なことをしたものだなと思う。それでも、数日やってみるとこんな格好で働くのも案外楽しくなってくるもので、数か月経った頃にはいろいろな人と言葉を交わすことにもすっかり慣れてしまった。客はみんなお金を払ってここに座っているのだから、たいていはその価値の分だけ楽しもうと努力する。目の前のバニーガールに、興味を持とうと、愛着を抱こうと努める。そういう場において、私の容姿はいくらか有利だったのかもしれない。「スタイル良いね」「ハーフなの?」と、みんな私が会話の糸口を見つけるよりも先に話題を作ろうとしてくれる。騒がしい店内で、みんな私の小さな声に耳を傾けてくれていた。ここには私を必要としてくれる人たちがいる。そんなふうに思えて、出勤するのが楽しみになった。

そんな愉快なバニー生活のなかにも、唯一憂うつだったことがある。その客はバニーやスタッフたちから「ハット」と呼ばれていた。いつもハットを被《かぶ》っているからハット。ハットはいつも、セット料金が安い開店直後の時間にひとりでやってきた。歳はおそらく40代前半くらい。いつも全身から頑固なこだわりを感じるような出で立ちをしていた。カーテンで仕切られたカウンター裏のキッチンで待機している私たちに、店長が「ハットが来たぞ」と声を掛けると、みんなあからさまに嫌な顔をしてため息をついた。そのなかから店長に指名された女の子が渋々とカウンターへ出ていき、残りのバニーたちは気の毒そうにそれを見送る。みんなハットが嫌いだった。なぜって、ハットはなにも話さないからだ。ガールズバーにおいて最も厄介な客、それは無口な客である。

ある日、私はハットに付くことになった。できるかぎり笑顔を作ってハットの前に出る。とりあえず「なに飲みますか」と聞いてみると、ハットは目の前のメニューの文字を指さして「ソーダ」と言った。ハットには、バニー間で共有されていたさまざまな注意事項があった。おつまみはこれを出さなきゃいけないとか、お酒の作り方はこうしなくちゃならないとか、それを破ってしまうとハットはたちまち機嫌を損ねてクレームを入れてくるらしい。私は内心ビクビクしながら慎重にソーダ割りを作った。ハットはなにも言わない。彼が嫌われているもうひとつの理由は「女の子にドリンクを出さない」ことだった。ただでさえ緊張感に満ちているこの空間で、1時間もハットの相手をすればこちらの喉はカラカラになった。「今日はお仕事ですか」「ウィスキー好きなんですか」と聞いてみても「はぁ」とか「いや」とか、そのくらいの返事しか返ってこない。全く話を広げるつもりがないらしい。どう見ても楽しんでいるようには見えないのに、どうしてこいつは毎日のように店に来るのだろう。私は長い沈黙のなかで深く考えた。彼も、本当は楽しみたいはずなのだ。彼にはきっと、勇気がないのだろう。まるで高校生だった頃の私のように思えて、私はハットに妙な親しみを覚えた。私はそれから、日記のように一方的な馬鹿話をしてみることにした。私が学校で失敗した話をすると、ハットはいつもニヤリと笑った。私はハットに付くたび赤ん坊をあやすようにくだらない話をし続けた。ハットが笑うと、なぜか私も嬉しくなった。

そんなことを繰り返していたある日、ハットは突然、手元にあったおしぼりを無言のまま丁寧に折りはじめた。なにをしているのかと不思議に思いながら見ていると、おしぼりはいつのまにか綺麗な折り鶴の形になっていた。「わあ、かわいい。器用ですね」と私が言うと、ハットは「こんなの誰でもできるよ」とはにかんだ。私は嬉しくなって、そのおしぼりの鶴を何枚も写真に撮った。

それからしばらくして、店長から「ハットは出禁にした」との連絡があった。どうやら他の女の子に酷いことを言ったらしい。みんなは「やっとか」と言って喜んだ。私はスマホのフォルダに残った白い鶴を、しばらくのあいだじっと見つめた。

わたしはわたし

恋人と手を繋ぐ。指を絡ませ、頬に寄せた自分の手の黒さに、私はまた驚く。28年、そんなことを繰り返しながら生きてきた。「28年も生きれば、いい加減〝あたりまえのこと〟だと受け入れられるだろう」と、ちいさい頃の私は思っていたかもしれない。でも、その時はまだ訪れない。ときどき実体を摑《つか》んだような気になっても、私の肌は、天気や湿度の変化にしたがって透き通るようなサンドベージュになったかと思えば、こんどはみすぼらしい枯れ木の色に揺れ、昨日まで似合っていたマニキュアが、今日はひどく濁って見える。この国に住む大半の人間と違う、昨日の自分とも違う自分。私はいまだに自分がわからない。

いつも見ているドラマや映画に、自分と同じような容姿の人が出てくることはほとんどない。けれど、私はべつにそこに不満を持っているというわけでもない。むしろ、それが不自然だとか、多様性の時代にそぐわないとか、私がそういうことに気づいたのは、価値観の最前線からかなり遅れをとってのことだったようにすら思う。映画のなかに自分みたいな人が出ていなくても、べつになにも気にならなかった。みんなと同じように笑ったり涙を流したりして、「おもしろかったねー」と雑な感想を述べる。ときどき「外国人」として登場する自分に似ている誰かを、私は周りと同じように「外国人」と認識し、まるで他人事《ひとごと》のように見ていた。

それが自分にも関係のあることだと気づいたのは、演技の世界に憧れを抱いた頃だった。私はそこではじめて、自分が物語の世界において「外国人」側の人間であることを知った。不思議な話だが、私は、実生活では毎日人との違いを噛みしめていたはずであるのに、なぜか物語のなかでは、自分が「普通の人」としてすんなり受け入れられると考えているようなところがあった。今思えば、自分と同じ姿がないことが当たり前の物語を拠《よ》り所《どころ》にして生きてきたのだから、自分の姿にいちいちギョッとするのは当然ともいえる。オーディションに行けば、決まって褐色のカーリーヘアの集団のなかに入れられ、音楽に合わせてご陽気な動きをさせられ、「スポーツの経験はあるか」という質問に「嫌いなのでない」と答えると失笑されて落とされた。片言の日本語でジェスチャーを交えながら明るく話す他の候補者たちに交じって、ボソボソと喋り、若干気恥ずかしそうにハイテンションな役柄を演じる自分は、どうみても明らかに需要が低かった。私の迫真の〝ご陽気〟を眠たそうに眺めるプロデューサーらしき男。瞳の奥から隠そうともせず伝わってくる「こいつじゃない」感。

「そんな目をするならオーディションに呼ぶなよ。だいたい、この無駄極まりない時間は、写真の時点でこの私の陰鬱さが見抜けないお前の責任でもあるんだからな。私はお前より作文が得意なんだぞ。お前がつまんないハーフだと思ってるこの私は、お前よりよっぽど上等な日本語が書けるんだぞ」

恥ずかしさで脇に汗をかきながら頭の中で必死に相手を罵《ののし》り、なんとかその場をやりすごして、ぶっきらぼうにお辞儀をし、逃げるように控室に戻る。今にも真っ二つになりそうな自尊心を、どうにか保とうとして、べつに急ぎでもない原稿料の請求書をスマホに縋るように作り始める。別業務の報酬の存在を確認することで「私には他に必要としてくれる場所があるから、こんなところで蔑《ないがし》ろにされてもなんともない」と、私は私に言い聞かせていたのだろうか。

そんなとき、個人メールに映画出演の依頼が届いた。これまでいくつか自主映画を制作しているというそのメールの送り主は、私のSNSでのくだらないぼやきを見て私に興味を持ってくれたらしい。

「新作の映画を作るにあたって、その中のひとりを伊藤さんにやっていただけないかと思いご連絡しました」

長文のメールには、私の文章への感想や、これから作ろうとしている映画への熱意が溢れていて、私がどんな役かということは書いていなかったが、そこまで言ってくれるならやってみよう、と思い、承諾の返事をした。数日後に新宿で待ち合わせた監督は私に

「全然、ルーツの説明があるとか、複雑なバックグラウンドの役とかではなくて。謎ではあるんですけど、普通にいてほしいんです。いろんな人が普通にいる、っていうのをやりたいんです」

というようなことを言った。ルーツから人格を引き出そうとするでもなく、よく聞くような〝悲しき過去〟を背負わせるでもなく、私を私として必要としてくれていることがとても嬉しかった。私の出演は本編の10分にも満たず、私は本当に何の説明もない不思議な女として物語に加わった。彼女はなにも話さず、彼女に関わる人々もまた、彼女になにも尋ねない。彼女はただ、彼女として生きている。私は画面のなかの彼女が少し羨ましくなった。数か月後、映画祭に出品されたその作品は、見事に最優秀賞を獲得した。私は他のメインキャストに交じってちゃっかりと登壇し、マイクの前でこんな挨拶をした。

「ハーフだとか、みんなと違うとか、そうではなく、ただひとりの人として物語の仲間に入れていただいたことに感謝しています。ありがとうございました」

人前で話すことはもうある程度慣れていたはずなのに、自信なさげに声が震える。

これがどれだけ尊いことか、ここにいる人のどれほどが解ってくれるだろうか。滲《にじ》んでいく景色がまぶしくて、恥ずかしくなって曖昧に頭を下げ、私は舞台から降りた。

授与式がおわり、参加者全員と近くの居酒屋で打ち上げをした。終電の時間になり、他のテーブルに挨拶をして帰ろうとしたとき、ひとりの男性が私に声を掛けてきた。

「スピーチで言ってたことね。あれだよ、今はハーフなんて全然どこにでもいるんだから、もうそんな気にすることじゃないよ。普通だよ。大丈夫」

ひとりの帰り道をジグザグに歩きながら、私は考える。あの人はきっと、私を励ましてくれたのだろう。なのに私はどうしてこんな気持ちになっているんだろうか。私は大げさに考えすぎていたのだろうか。あの人の言うとおり、全然気にすることじゃなかったのだろうか。私が悩んでいたことなんて、本当は最初から存在しなかったことなのかもしれない。彼の言葉は温かかったのと同時に、私の大切な呪いをヒョイと奪い去ってしまったような感じがして、私は呆然と、駅までの道を確かめないままに、しばらくゆらゆらと知らない道を歩き回った。

普通のことだと思っていいのだろうか。自分で背負って、一緒に大きくなってきた呪いを、ここに置いていってもいいのだろうか。今はまだわからない。今日のところは、一緒に帰ろう。

数日前、奇妙礼太郎さんのライブに行った。

「わからないことばかりでいいよ　許してあげるよ　わたしはわたしを好き　好きなの」

キラキラと輝くピアノの伴奏とともにこんな言葉が聞こえてきて、私はステージを見つめたまま、身じろぎもせず泣いたのだった。

私は私のことが、他の誰にもなれない私が、ずっと前から好きだった。

「呪い」と誰かが口にする

数年前のあるドラマに「自分に呪いをかけないで」という台詞があった。たしか当時流行っていたドラマの最終回で、ネット上には瞬く間にそのシーンの切り抜き動画が溢れかえった。決してそんなことはないのだろうけれど、私には、世間の人々がその日を境に突然「呪い」という言葉を使いはじめたように思えてならない。あたかもずっと前からそんなふうにして使われていたかのような自然さで、今までホラー映画やファンタジーの世界だけに潜んでいた「呪い」は日常に踏み入ってきたような気がする。

自分を縛る「社会常識」とされているものや、自分の自分への思い込みに「呪い」という呼び名が与えられ、私たちは自分を苦しめる正体不明のあらゆるものに「それは呪いだ」と指を指していった。私は、なんだかあらゆる痛みに効く万能の薬を手に入れたような、どんな敵にも当たる魔法を習得したような気分になった。この安心感は一体なんなのだろう。呪いを解くためには、まず自らが呪われていると自覚をして、それからそれに適した対処をしなければならない。王子様のキスで目覚めるためには、まず深い眠りに落ちる必要があるように、呪いを解くためには、まず呪いがそこに在《あ》らねばならない。

〝呪われる〟のには不思議な中毒性がある。名前のないモヤのような不運を「呪い」と呼んだ途端、それは妙に心地よい質量をもって私たちの身体に覆いかぶさってくる。そしてそれはなぜか分厚い毛布のようにあたたかく、私はいつのまにか、自分がすすんで呪われたがっていることに気がついた。呪いをもたないということは、自分の選択の結果を誰のせいにもせず、生きている責任を一身に背負うということなのかもしれない。いちど呪われてしまった私たちにとって、それは途方もなく心細い。呪われてさえいれば、ひどく傷つくこともないし、呪われることに呪われてしまえば、暖かい繭のなかで、ゆっくりと死んでいくだけである。

私は今、呪われない勇気がほしい。柔らかい身体のまま繭の外へ這《は》いずり出て、容赦なく雨風に晒《さら》される決心がほしい。「呪い」という言葉が魔法の世界にしかなかったあの頃と変わらない自分で、たしかにかけられている呪いの名前を知らないまま、無邪気にそれと戦って生きていたいと願う。不幸のすべてに理由をつけないほうが、倒れてもまた立ち上がって歩いていける、そんな気がするのだ。

初出
無口な客　「群像」２０２５年2月号
「呪い」と誰かが口にする　「月刊みんぱく」２０２４年12月号
ほかはすべてnote連載「言葉」２０２３年9月〜２０２５年1月

伊藤亜和（いとう あわ）
1996年横浜市生まれ。文筆家。学習院大学文学部 フランス語圏文化学科卒業。著書に『存在の耐えられない愛おしさ』（KADOKAWA）、『アワヨンベは大丈夫』（晶文社）がある。

わたしの言《い》ってること、わかりますか。

2025年4月30日　初版第１刷発行

著　者　伊藤亜和《いとうあわ》

発行者　三宅貴久
発行所　株式会社　光文社
〒112-8011　東京都文京区音羽1-16-6
電　話　編集部　03-5395-8172
書籍販売部　03-5395-8116
制作部　03-5395-8125
メール　non@kobunsha.com
落丁本・乱丁本は制作部へご連絡くだされば、お取り替えいたします。

組　版　新藤慶昌堂
印刷所　新藤慶昌堂
製本所　ナショナル製本

ISBN978-4-334-10628-7